Voltaire

Kandide

Voltaire

Kandide

ISBN/EAN: 9783743423947

Hergestellt in Europa, USA, Kanada, Australien, Japan

Cover: Foto ©Andreas Hilbeck / pixelio.de

Manufactured and distributed by brebook publishing software (www.brebook.com)

Voltaire

Kandide

Kandide

|1|

|2| |3|

Kandide.

Erster Theil.

Erstes Kapitel.
Was maassen *Kandide*[1] in einem schönen Schlosse erzogen, und aus demselben fortgejagt wird.

Im Herzogthum Westphalen auf dem Schlosse des Herrn Baron von *Donnerstrunkshausen* ward mit der jungen Herrschaft zugleich ein junger Mensch erzogen, ein gar liebes, sanftes Geschöpf, aus dessen kleinsten Gesichtszuge Sanftheit hervorblikte. An Kopf fehlt' es ihm gar nicht, und doch war er so offen, so rund, so ohn' alles Arg, wie unsr' Ahnen. Eben deswegen, glaub' ich, nannte ihn Barones *Engeline*, Schwester des Herrn Barons, *Kandide*. Wie hätte eine Dame, die anderthalb Jahr zu Berlin in einer Französischen Pension gewesen, sich auf einen |4| Teutschen Namen besinnen, oder wenn sie sich ja darauf besonnen, ihn goutiren können?

Kandide war – munkelten die alten Bedienten im Hause, – eine heimliche Liebesfrucht von ebenbesagter Schwester des Herrn Barons und einem guten ehrlichen Schlage von Landjunker aus der Nachbarschaft. Zum Gemal hatte ihn die gnädige Barones nie gemocht, weil der arme Schlukker seinen Adel mit nicht mehr als einundsiebzig Ahnen belegen konnte, und weil der Rest seines Stammbaums durch den scharfen Zahn der Zeit war aufgenagt worden.

Der Herr Baron, *Hans, Jost, Kurt von Donnerstrunkshausen* war einer der Matadore in Westphalen, denn sein Schlos hatte Thür und Fenster, ja sogar einen austapezirten Saal. Seine Kettenhunde stellten, wenn Not an Mann kam, eine Jagdkuppel vor, seine Stallknechte die Jäger und der Priester im Dorfe den Oberschloskapellan. Alt und Jung nennte den alten Herrn Ihro hochfreiherrliche Gnaden, und wollte vor Lachen bersten, wenn er etwas erzälte.

Die Frau *Barones* stand in gar grossem Ansehn, denn sie wog richtig ihre dreihundert und funfzig Pfund, wo nicht noch mehr, und wußte die Honneurs mit einer Würde zu machen, die ihr noch grössre Hochachtung verschafte.

|5| Ihre Tochter, die Barones *Kunegunde*, war ein munters, rundes, rothbäkkiges Ding, siebzehn Sommer alt, und gar lieblich anzuschauen; Junker *Polde*, ihr Bruder, ein würdiges Ebenbild des gnädigen Herrn Papa. Magister *Panglos*, der Hofmeister der jungen Herrschaft, stellte das Hausorakel vor. Der junge *Kandide* schlukte jegliche seiner Lehren mit der Treuherzigkeit hinter, die seinem Alter und Karakter gemäs war.

Panglos lehrte die Metaphysiko-theologo-kosmolo-nigologie; bewies mit der stärksten philosophischen Suade, daß ohne Ursach keine Wirkung sein könne, und daß in dieser besten aller möglichen Welten das Schlos des gnädigen Herrn Barons das schönste aller Schlösser sei und die gnädige Frau die beste aller möglichen Baroninnen.

Es ist bereits klärlich dargethan, hub er zu demonstriren an, daß die Dinge nicht anders sein können, als sie sind; denn alldieweil alles, was da ist, zu einem Endzweck geschaffen worden, so zielt nothwendig alles zu dem besten Endzwek ab. Gebt nur Acht, und Ihr werdet diese Grundwahrheit durchgängig bestätigt finden. Betrachtet zum Beispiel Eure Nasen. Sie wurden gemacht, um Brillen zu tragen, und man trägt auch welche. Eure Beine: Ihr empfingt sie, |6| um sie zu bestrümpfen und zu beschuhen, und Ihr bestrümpft und beschuht sie. Seht die Quadersteine an! Sie wachsen, um zersägt, behauen, und zum Bau der Palläste verwandt zu werden, derohalben hat unser gnädiger Herr Baron einen gar herrlichen Pallast von Quadersteinen; der grösste Baron im ganzen Herzogthume mus die beste, bequemste Wohnung haben, und hat sie auch. Die Schweine schuf Gott, damit der Mensch sie äsfe; essen wir nicht Schweinfleisch Jahr aus Jahr ein? Folglich ist es Thorheit mit einigen zu behaupten, daß alles gut gemacht ist; aufs Beste ist alles gemacht, muß man sagen.

Das fing der junge *Kandide* mit beiden ofnen Ohren auf, und glaubte es in seiner Herzenseinfalt steif weg, denn er fand Barones *Gundchen* ausserordentlich schön, ob er gleich nie den Mut gehabt hatte, es ihr zu sagen. Er schlos, die erste Stufe irrdischer Glükseligkeit wäre Freiherr auf und von *Donnerstrunkshausen*, die zweite Barones *Kunegunde* zu sein, die dritte, sie täglich zu sehen, die vierte, den Magister *Panglos* zu hören, den grössten Philosophen im ganzen Westphälischen Kreise, folglich auch in der ganzen Welt.

Eines Tages, als Barones *Kunegunde* in dem kleinen Gehölze am Schlosse spazieren ging, das man den hochfreiherrlichen Park nannte, erblikte |7| sie hinter dem Gesträuch den Herrn Magister *Panglos*, der mit ihrer Frau Mutter Kammerjungfer einem gar niedlichen und gar gefügen braunen Dirnchen, Versuche aus der Experimentalphysik anstellte.

Die *junge Barones* lauscht' und lauschte mit dem leisesten Athemzuge, und beobachtete — denn sie hatte ungemeine Anlage zu den Wissenschaften — all' die Experimente, die der *Magister* von Zeit zu Zeit wiederholte; sahe *Panglosens* zureichenden Grund, die Ursachen und Wirkungen gar deutlich, und schlich in tiefen Gedanken fort. Ihr war so wohl und so weh um's Herz; ihre Seele war voll von der Begier gelehrt zu werden, und dem Gedanken: sie könnte wohl des jungen *Kandide* zureichender Grund werden, und er der ihrige.

Beim Hereintreten in's Schlos, begegnete ihr *Kandide*! sie ward rot, *Kandide* auch. Guten Morgen *Kandide*! stammelte sie. Und *Kandide* schwazte mit ihr, ohne zu wissen was. Den folgenden Tag, nach aufgehobner Mittagstafel, befanden sich *Kunegund'* und *Kandide* hinter einer Spanischen Wand; *Kunegunde* lies ihr Schnupftuch fallen, *Kandide* hob es auf; sie nam ihn in aller Unschuld bei der Hand, er, auch in aller Unschuld, küßte der jungen *Baronesse* die ihrige, und das so |8|

|8| |9| durch heftig; ganz erstarrt schlich *Kandide* mit dämmerndem Morgen nach einer benachbarten Stadt. Sterbensmatt vor Hunger und Strapaze, nicht einen Heller Geld bei sich, macht' er vor der Thür eines Wirthshauses höchst betrübt Halte.

Zwei Blaurökke wurden ihn gewahr. Ha! ein hübscher Kerl, Herr Bruder! sagte der eine. Wie'n Rohr gewachsen! Just so gros wie wir'n brauchen! Sie gingen auf *Kandiden* los und baten ihn sehr höflich zu Mittag mit ihnen zu speisen. Ich finde mich ungemein durch Ihre Einladung beehrt, meine Herren, sagte *Kandide* mit einem bescheidnen Ton, der gleich seine Nation verriet, allein ich habe kein Geld, kann meine Zeche nicht zahlen. Ach! was Geld! was Zeche zahlen! sagte einer von den Männern, das haben solche wohlgewachsne, artige junge Herrn, wie Sie, nicht nötig. Sie messen sechs Zoll? Die mess' ich, meine Herren, sagte er mit einer Verbeugung. „Hurtig, mein Herr! zu Tische. Wir zahlen nicht allein die Zeche für Sie, wir werden auch sorgen, daß es einem Manne, wie Sie, nie an Gelde fehlt. Wozu sind die Menschen in der Welt, als einander beizustehn, unter die Arme zu greifen?"

Wohl wahr! sagte *Kandide*, so hat mich der Herr Magister *Panglos* immer gelehrt, |10| und ich sehe wohl ein, daß alles auf's Beste gemacht ist. Man drang ihm etliche Thaler auf; er wollt' ihnen dafür Schwarz auf Weis geben; sie wollten's nicht. Man sezt sich zu Tische, iss't, trinkt. Nicht wahr, fängt der Eine an, Sie sind ihm recht herzlich gut dem ...... Dem herzensguten englischen *Kunegündchen*? antwortet' er. Wohl bin ich's; ich liebe sie; bete sie an. „Nicht doch! den König der Bulgaren meinen wir, ob Sie dem recht herzlich gut sind?" Was wollt' ich? Ich kenn' ihn gar nicht, antwortete jener; hab' ihn nie geshn. „Kennen ihn gar nicht! Haben ihn nicht geshn! Den Mann nicht! Teufel! das ist der treflichste Herr auf Gottes Erdboden! solchen König giebt's gar nicht mehr! Allo! Er soll leben!" Das soll er! rief *Kandide* aus vollem Herzen, und sties an. Wie er gelehrt, hies es: Na, so wär's denn geschehn! Nun sind Sie Held! die Säule der Bulgaren! Ihr Schuz und ihr Schirm! Die Schranken der Ehre stehn vor Ihnen geöfnet! Lorbeern ohne Zahl erwarten Ihrer!

Sogleich legte man ihm Schellen an die Füsse und führte ihn zum Regimente. Da lernt' er das Rechts und Links um kehrt euch, Gewehr hoch, Gewehr beim Fus, Feuer, Marsch, und empfing dabei dreissig Prügel; den andern Tag exerzirt er schon ein wenig besser und bekömmt |11| nur zwanzig; den Tag darauf gar nur zehne, und all' seine Kameraden gaften ihn als ein blaues Meerwunder an.

Kandide war noch ganz bestürzt, konnte gar nicht recht begreifen, wie er so im Hui zum Helden geworden sei. An einem schönen Frühlingsmorgen fällt's ihm ein, spazieren zu gehn. Er schlendert grade vor sich hin, der Meinung: die Menschen hätten so wohl wie die Thiere das Vorrecht, sich ihrer Beine nach Belieben zu bedienen. Kaum hat er zwei Meilen gemacht, wie ein Bliz sind ihm vier andre sechsschuhige Helden auf dem Hals, binden ihn, und werfen ihn in ein Loch, wohin nicht Sonne nicht Mond kam.

Ein wohllöbliches Kriegsgericht fragte ihn, was er lieber wollte, sechsunddreissigmal Spiesruten laufen oder sich drei bleierne Kugeln mit eins in's Gehirn jagen lassen. *Kandide* hatte gut sagen, daß des Menschen Wille frei sei und daß er keins von beiden möchte; das half nichts, er mußte wälen. Sonach entschlos er sich denn, kraft der lieben Gottesgabe, Willensfreiheit genannt, sechsunddreissigmal Spiesruten zu laufen.

Zweimal hatte er die Wandrung gemacht, Gass' auf, Gass' ab; und weil das Regiment aus zweitausend Mann bestand, hatt' er seine viertausend Hiebe richtig weg. Alle Mäuslein und Spannadern vom Nakken an bis zum Wirbelbein |12| des Rückens herab, lagen ganz blank und baar da. Wie er den dritten Gang machen sollte und nicht konnte, erbat er sich's zur Gnade, erschossen zu werden. Man gestand's ihm zu; verband ihm die Augen, lies ihn niederknien.

In eben dem Nu reitet der König der Bulgaren vorbei, frägt, was der arme Sünder begangen und nimmt aus allen Umständen ab – denn er war ein grosses Genie – daß *Kandide* ein junger Metaphysiker sei, dabei noch völlig Neuling in der Welt, und begnadigte ihn mit einer Milde, die Welt und Afterwelt in Journälen und Chroniken preisen wird.

Ein braver Kompaniefeldscheer kurirte *Kandiden* binnen drei Wochen mit erweichenden Mitteln, nach der Vorschrift des grossen *Dioskorides*. Haut hatte *Kandide* bereits schon ziemlich, und marschieren konnt' er auch schon, als der König der Bulgaren dem Könige der Abaren ein Treffen lieferte. |13|

Drittes Kapitel.
Wie *Kandide* den Bulgaren entkam und wie's ihm nachher erging.

So flink und flimmernd, so wohlgeordnet, so stattlich hatte man noch nie Armeen gesehn als diese beiden. Trompeten und Pfeiffen, Hoboen und Trommeln, Mörser und Kanonen machten ein so vollstimmiges Konzert, als selbst Satanas in der Hölle nicht geben kann.

Zuerst rissen die Kanonen auf jeder Seite, so ein sechstausend Mann nieder, alsdann säuberte das Musketenfeuer die beste aller möglichen Welten von so ein neun bis zehntausend Schurken, die deren Oberfläche angesteckt hatten. Das Bajonet war gleichfalls ein zureichender Grund, daß einige tausend Menschen umkamen. Die ganze Summe mochte sich wohl auf ein dreissigtausend Seelen belaufen.

Kandide, der als echter Philosoph zitterte und bebte, lies die heroischen Mezger immer fortmetzeln und verbarg sich, so gut er konnte.

Endlich hatte die Fehd' ein Ende; die beiden Könige liessen das Te Deum in ihren Lägern anstimmen. Derweil faßte unser *Kandide* den |14| Entschlus, in andern Gegenden über Wirkungen und Ursachen zu philosophiren; stieg über die Haufen der Todten und Sterbenden weg, und arbeitete sich in einen nahbelegnen Aschenhaufen von Dorfe hinein. Es hatte vor Kurzem den Abaren gehört, und die Bulgaren hatten es, dem Völkerrechte gemäs, abgebrannt.

Greise lagen hier, die Wund' an Wunde hatten, und neben sich ihre zermezelten Weiber mußten hinsterben sehn, an deren blutenden Brüsten ihre Säuglinge zappelten; dort gaben Jungfrauen ihren Geist auf, von denen jede einem Halbduzend Helden ihre Naturbedürfnisse hatte stillen müssen, und nachher war entbaucht worden; hier schrieen andre, deren Leichnam halbverbrannt war: man möcht' ihnen nur den Rest geben. Die ganze Erde war mit Gehirnen und Armen und Beinen besäet.

Kandide floh in voller Hast in ein andres Dorf. Es gehörte den Bulgaren, und die Helden unter den Abaren hatten ihnen kein Haar besser mitgespielt. Noch immer mußte der arme Flüchtling über zukkende Glieder gehen, und über Schutt und Graus. Endlich sah' er sich ausserhalb des Kriegstheaters. Er hatte in seinem Schnappsak etwas weniges Mundproviant, und in seinem Herzen die ihm unvergessliche Barones *Gundchen*.

|15| Als er in Holland ankam, war er mit seinem Proviant zu Rande; da er aber gehört hatte, hier sei jedermann reich und Christ, so dacht' er, es würd' ihm hier so gut gehn, als im Schlosse des Herrn Barons, bevor er Barones *Gundchen's* schöner blauer Augen halben daraus war gejagt worden.

Er sprach viele gravitätische Alongeperüken, die sich bei ihm vorbeischoben, und viele ehrbare alte Hauspostillen, die bey ihm wegtrippelten, um einen Zehrpfennig an; allein diese so wohl wie jene rükten mit nichts hervor, als mit der Ermahnung: diese Lebensart fahren zu lassen, sonst würde man ihn im Raspelhause unterbringen.

Hierauf wandt' er sich an einen Mann, der eine Stunde lang ganz allein in einer grossen Versammlung über christliche Nächstenliebe und Barmherzigkeit gesprochen hatte. Dieser Redner sah' ihn über die Schulter an, und sagte: Freund, warum seid Ihr hieher kommen? Um Euch zu dem kleinen Häuflein der Gerechten und Stillen im Lande zu gesellen? Oder waserlei ist die Ursach?

Jegliche Wirkung hub *Kandide* in bescheidnem Tone an, hat ihre Grundursach; jegliche Begebenheit unsers Lebens ist ein nothwendiges Glied in der Kette der Dinge; ist selbiger |16| auf's geschikteste, beste eingepasst. Ich mußte von Barones *Kunegunden* fortgejagt werden, mußte Spiesruten laufen, und mus so lange mein Brod betteln gehn, bis ich welches verdienen kann; das alles konnte nicht anders kommen.

Glaubt Ihr denn, mein Freund, sagte der Redner zu ihm, daß der Pabst der Antichrist sei? Davon hab' ich noch nie gehört, antwortete jener, auch gilt's mir ganz gleich, sei er's oder sei er's nicht; hätt' ich nur Brod. Auch nicht der Brosämlein einen verdienst Du, heilloser Bube, die von der Herren Tische fallen, sagte der Schwarzrok. Heb' Dich aus meinen Augen, Du Schalk Du! du Belialsbrut!

Des Redners Frau, die den Kopf zum Fenster hinausgestekt und vernommen hatte, daß es einen Menschen gab, der an der Antichristheit des Pabsts zweifelte, leerte über sein Haupt einen vollgerüttelten und geschüttelten ***. Gott, wie weit geht der Religionseifer bei den Damen!

Ein niegetauftes Geschöpf, ein wakrer Wiedertäufer, Namens *Jakob Schwezinger*, sahe, wie hartherzig, wie äusserst schimpflich man einem seiner Brüder begegnete, einem zweifüssigen, federlosen Geschöpfe, das doch eine Seele hatte; und es jammerte ihn sein, und er führte ihn hinab in sein Haus und säuberte ihn, und gab ihm Brod zu essen und Bier zu trinken, und |17| schenkte ihm zwei Gulden; auch wollt' er ihn sogar in seiner Fabrik arbeiten lehren, woselbst mitten in Holland Persische Stoffe verfertigt wurden.

Kandide wollte sich ihm zu Füssen werfen und schrie: Er hat wohl Recht der gute Herr Magister! Diese Welt ist die beste! Ihr ausserordentlicher Edelmuth macht tiefern Eindruk auf mich, als die Hartherzigkeit des Herrn Schwarzmantels und seiner Frau Gemalin.

Den folgenden Tag sties er beim Spazierengehen auf eine wahre Lazarusfigur von Bettler. Über und über mit Schwären bedekt war sein Aug erloschen, die Nasenspize weggefressen, der Mund ganz verzogen, die Zähne kohlschwarz. Er gurgelte und hustete jedes Wort hervor; und sein Husten war so heftig, daß er jedesmal einen Zahn ausspiee. |18|

Viertes Kapitel.
Wie *Kandide* seinen alten Lehrmeister zu der Philosophie, den Magister *Panglos* wiederfand und was weiter geschahe.

Kandide, der mehr Mitleid als Entsezen bei diesem Anblik empfand, gab dem Scheusal von Bettler die zwei Gulden, die ihm der biederherzige Wiedertäufer *Jakob* gegeben hatte. Diese Jammergestalt sah' ihn starr an, Thränen rannten von ihren Wangen, und sie fiel *Kandiden* um den Hals, der vor Schrek zurükbebte.

Und Ihr kennt Euren lieben *Panglos* nicht mehr? sagte der eine Unglükliche zum andern Unglüklichen. „Was hör ich? Sie sind's, mein lieber Lehrer? Sind in solch gräsliches Elend gesunken? Wodurch das? Und weshalb nicht mehr in dem schönsten aller Schlösser? Was ist aus Barones *Kunegunden* geworden, dem Perl' aller Mädchen, dem Meisterstükke der Natur?" Mit mir ist's aus, rief *Panglos*, und sank um.

Alsbald schleppt' ihn *Kandide* in des |19| *Wiedertäufer's* Stall und gab ihm ein Paar Bissen Brod, und als er sich wieder ein wenig erquikt hatte, fragt' er ihn: Nun, und *Kunegunde*? Ist todt, erwiederte jener. Bei diesen Worten sank *Kandide* in Ohnmacht; sein *Freund* brachte ihn mit einem Paar Tropfen verdorbnen Weinessig wieder zu sich, der sich von ungefähr im Stalle befand.

Kandide (die Augen aufschlagend): Todt! *Kunegunde* todt! O wo bist'u beste der Welten? – Aber woran starb sie? Gab ihr das den Tod, daß sie mich aus ihres Herrn Vaters schönem Schlosse mit derben Fusstössen hinausjagen sahe?

Panglos. Das nicht! Bulgarische Soldaten schlizten ihr den Bauch auf, nachdem sie selbige zuvor auf's möglichste genotzüchtigt hatten; den Baron, der ihr beistehn wollen, hatten sie vor'n Kopf geschossen; die Frau Baronin in Stükken zerhauen; meinen armen Untergebnen nicht besser mitgespielt, als seiner Barones Schwester; und was das Schlos anlangt, da ist kein Hammel, keine Ente am Leben geblieben; kein Stein auf dem andern, keine Scheune, kein Stall, kein Baum auf seinem alten Flek. Wir haben aber Genugthuung bekommen, völlige Genugthuung. Die [20] Abaren haben's auf einem benachbarten Bulgarischen Rittersiz eben so gemacht.

Kandide sank bei der Erzälung abermals in Ohnmacht; nachdem er aber wieder zu sich gekommen war, und ein gehöriges Lamento angestimmt hatte, erkundigt' er sich nach der Ursach und Wirkung und dem zureichenden Grunde, der *Panglosen* in einen so erbärmlichen Zustand versezt habe.

Panglos. Ach Liebe war's, Liebe, sie, die Trost auf das ganze menschliche Geschlecht herabströmt, das ganze Universum umfasst und erhält, sie, der Lebensquell aller fühlenden Geschöpfe; Liebe war's, der zärtlichste aller Affekte.

Kandide. Auch ich hab sie gekannt, diese Liebe, sie, die alle Herzen beherrscht, Leben und Licht in unsre Seele bringt; und der Lohn, den sie mir gab, bestand aus einem Kus und zwanzig Fustritten in den Hintern; ein bessrer Lohn ward mir nie. Wie konnte aber diese schöne Ursach so abscheuliche Wirkungen bei Ihnen hervorbringen?

Panglos. Sie haben doch die *Gertrud* gekannt, lieber *Kandide*, das niedliche Zöfchen von dem königlichen Weibe der alten Baronessin? In ihren Armen hab' ich Paradieseswonne geschmekt, und eben die hat das Höllenfeuer in all' meinen Adern angefacht, das mich [21] jezt so wütig verzehrt. Das arme Mädchen war angestekt und ist vielleicht schon nicht mehr.

Gertrud hatte von einem hochgelahrten Franziskanermönch dies Geschenk, das er aus der ersten Hand bekommen hatte; denn er hatte es von einer alten Reichsgräfin, die Gräfin von einem Dragonerhauptmann, der Hauptmann von einer Marquise, die Marquise von einem Pagen, der Page von einem Jesuiten, und der Jesuit noch in seinem Probestande recta via von einem Gefärten des Christoph Kolumbus. Ich meines Orts, werd's niemanden mittheilen, denn ich sterbe.

Kandide. O Panglos! Eine gar sonderbare Sippschaft! Der Teufel ist wohl gar der Stammvater?

Panglos. Behüte! Die beste aller möglichen Welten konnte ohne diese Krankheit nicht bestehn; sie war ein unumgänglich nötiges Ingredienz; denn hätte nicht Kolumbus in einer Amerikanischen Insel diese Seuche geholt, die den Zeugungsquell vergiftet, seine Wirkungen oft völlig entkräftet und dem großen Zwek der Natur augenscheinlich entgegenarbeitet, so hätten wir weder Schokolate noch Koschenille.

Überdies mus man bemerken, daß sie lediglich nur uns Europäern anhängt, so wie die Sucht zu polemisiren. Türken und Indier, und die da wohnen in Schina und Siam und Japan, [22] wissen davon noch nichts bis auf den heutigen Tag. Indes giebt's einen zureichenden Grund, daß in den Folgejahrhunderten auch an *diese* Völker die Reihe kommen wird, sie kennen zu lernen. Derweil' aber macht sie bei uns ganz erstaunend schnelle Fortschritte, zumal in den grossen Armeen, welche aus lauter wakkern, wohlerzogenen Mietlingen bestehn, die das Schiksal der Staaten entscheiden. Man kann behaupten, wenn dreissigtausend Mann gegen eine eben so starke Armee in Schlachtordnung stehn, daß sich auf jeder Seite ungefähr an die zwanzigtausend befinden, die die Fr**n haben.

Kandide. Alles gut, lieber Magister, aber jetzt müssen Sie auf Ihre Kur denken.

Panglos. Auf meine Kur denken, und habe keinen Heller. Sie müssen wissen, liebes Kind, auf Gottes weitem runden Erdboden giebt's keine Seele, die einem zur Ader lässt oder ein Klistier sezt, wenn man's nicht bezahlen kann, oder nicht einen hat, der's an unsrer Stelle thut.

Panglosens lezte Worte bestimmten *Kandiden*; er flog zu seinem mitleidigen *Wiedertäufer*, warf sich ihm zu Füssen und malte seines *Freundes* Zustand mit so warmem, kräftigem Pinsel, daß dieser Biedermann den *Magister* ohn' alle Schwierigkeit annam und ihn auf seine Kosten heilen lies.

[23] *Panglos* verlor bey der Kur nur Ein Auge und ein Ohr. Schreiben konnt' er wie der geschikteste Kanzellist und rechnen wie *Euler*; darum macht' ihn Wiedertäufer *Jakob* zu seinem Buchhalter.

Nach Verlauf von zwei Monaten musst' er in Handlungsangelegenheiten nach Lissabon gehen. Er nam seine beiden Philosophen mit. *Panglos* bewies ihm deutlich, es sei alles auf das Beste eingerichtet. Gewesen wohl, fiel ihm *Jakob Schwezinger* ein, aber jezt nicht mehr. Durch die Menschen, denk' ich, ist die Natur um ein gut Theil verdorben worden. Wolfessinn ward ihnen nicht angeboren und doch haben sie ihn. Gott gab ihnen nicht Vierundzwanzigpfünder, nicht Bajonette, sie gossen sie sich aber, schliffen sie sich, um einander aufzureiben. Auch die Bankrotte könnt' ich hier in Anschlag bringen, und die Obrigkeiten, welche die Gläubiger um des Bankrottiers Habe prellen, und es in ihren Wanst schieben.

Alles das ist unumgänglich notwendig, erwiederte Magister *Einauge*. Es trägt zum allgemeinen Wohl bei, wenn Hinz unglüklich ist und Kunz; je mehr Privatunglüksfälle also, desto besser für's Ganze.

Während des Philosophirens bewölkte sich der Himmel, die Winde bliesen aus allen vier |24|

|24| |25| Ekke zurük und über Bord kopfüber in's Wasser. Zum Glük blieb er an einem Ende des Mastes hängen. Der gutherzige *Jakob* springt ihm zur Hülfe, zerarbeitet und zerquält sich, ihn heraufzuziehn, und fällt darüber selbst in's Meer. Der dabeistehende Matros läßt seinen Retter untersinken, ohn' einmal auf ihn hinzublikken. *Kandide* kommt herzu, sieht seinen Wohlthäter mit den Wellen kämpfen und einen Augenblik darauf, auf ewig von ihnen verschlungen. Er will ihm nach, Philosoph *Panglos* hält ihn zurük und beweist ihm, die Lissabonner Rhede sei ausdrüklich dazu erschaffen worden, daß Wiedertäufer *Schwezinger* daselbst ertrinken musste.

Indem er dies a priori bewies, barst das Schif. Alles, was darauf war, kam um bis auf *Panglosen*, *Kandiden* und das Ungeheuer von *Matrosen*, der den tugendhaften Wiedertäufer hatte ertrinken lassen. Der Schurke schwamm glüklich an's Ufer, das *Panglos* und *Kandide* gleichfals auf einer Planke erreichten.

Wie sie sich etwas erhohlt hatten, gingen sie auf Lissabon zu, in der Hofnung, mit dem kleinen Überrest ihres Geldes sich vor dem Hunger zu bergen, nachdem sie glüklich dem Schifbruch |26| entronnen waren; unterwegs vergossen sie manche Thräne über den Tod ihres Wohlthäters.

Kaum hatten sie den Fus in die Stadt gesetzt, so fühlten sie die Erde unter sich dröhnen, das Meer brauste im Hafen empor, und zerschellte die vor Anker liegenden Schiffe. Feuer- und Aschenwirbel bedekten die Gassen und öffentlichen Pläze; die Grundfesten der Häuser wichen aus den Fugen, Gibel, Dächer stürzten herab, die Häuser zerschossen in Schutt und Trümmer, und dreissigtausend Einwohner von jedem Geschlecht und Alter erlagen darunter.

Schwerenot! hier wird's was zu brudern geben! rief der *Matros* und pfif sich ein lustiges Stükchen. Was mag wohl der zureichende Grund dieses Phänomens sein? sagte *Panglos*. Es ist der jüngste Tag! rief *Kandide*.

Der *Matros* rannte sporenstreichs unter die herabstürzenden Balken und Mauern und trozte dem Tode, um Geld zu finden. Er fand welches, stopfte alle Taschen damit voll, besoff sich, und wie er den Rausch ausgeschlafen, dung er sich die erste beste Jungfer Gutwillig, die er antraf, und mitten auf dem Schutt eingestürzter Häuser und unter dem Haufen Sterbender und Todten berauschte er sich an dem fröhlichsten Liebesgenus.

|27| *Panglos* zupfte ihn indes beim Ärmel, und sagte: Daran thut Ihr nicht Recht, Freund; das streitet mit allen Gesetzen der Billigkeit; dazu ist jezt keine Zeit. „Schoktausend Pestilenz! Herr, ich bin'n Matros, und aus Batavia; bin viermal in Japan gewest, und hab's Kruzifix viermal mit Füssen getreten. Bei mir kömmt Er gar blind mit seiner Billigkeit, und all' dem dummen Schnak."

Während der Zeit, daß dies im Hintergrunde vorging, hatten einige herabgestürzte Steine *Kandiden* hart getroffen; er war umgesunken und lag unter den Trümmern fast begraben. Lieber *Panglos*! rief er, nur ein wenig Wein und Öl, oder ich muß sterben. Dieses Erdbeben ist gar nichts besonders, antwortete der sich nähernde *Panglos*, im verwichenen Jahre hatte die Stadt Lima in Amerika ein gleiches Schiksal: gleiche Ursachen bringen gleiche Wirkungen hervor; es geht ganz gewis ein Strich Schwefel von Lima bis nach Lissabon unter der Erde weg.

„Höchst wahrscheinlich! aber um Gotteswillen ein wenig Öl und Wein." Wahrscheinlich nur? nur wahrscheinlich wär's? erwiederte der *Philosoph*, erwiesen ist es, Herr, klar erwiesen, behaupt' ich. *Kandide* ward ohnmächtig, und *Panglos* brachte ihm ein wenig |28| Wasser aus einem benachbarten Springbrunnen.

Sie durchkrochen den Tag darauf die eingeschossnen Gebäude, fanden da einige Lebensmittel, erquikten und stärkten sich wieder ein wenig, und halfen darauf – wie andre auch thaten – den dem Tode entronnenen Einwohnern retten, was sich noch retten lies.

Einige Bürger, denen sie beigesprungen waren, tischten ihnen ein so gutes Mahl auf, als man in *der* Lage nur verlangen konnte. Es war ein Mahl der Traurigkeit, jeder Bissen mit Thränen benezt.

Panglos tröstete die Anwesenden, und gab ihnen die Versichrung, daß es gar nicht anders sein könnte, weil die Welt aufs Beste eingerichtet wäre. Denn, sagte er, wenn zu Lissabon ein unterirrdischer Brand ist, kann keiner zu Wien und Berlin sein, sintemal es unmöglich, daß ein Ding an mehr als an einem Orte zugleich sein kann, alldieweil alles was da ist, gut ist.

Neben ihm sas ein schwarzrökkiges Männlein, ein *Familiar*[2] der heiligen Inquisition, das |29| hub in höflichem Tone an: Vermuthlich glauben der Herr keine Erbsünde, denn wenn alles, was da ist, gut ist, giebt's weder Sündenfall noch Strafe.

Ich bitte Ew. Hochehrwürden allerunterthänigst um Verzeihung, erwiederte *Panglos* mit noch höflicherm Ton und Gebärden, ich glaube beides, alldieweil der Sündenfall und der über die Menschen ausgesprochne Fluch in den Plan der besten aller möglichen Welten notwendig hineingehören.

Also statuiren der Herr keine Willensfreiheit? sagte der *Familiar*. „Ew. Hochehrwürden verzeihen; Willensfreiheit kann sich mit der unumschränkten Notwendigkeit gar wohl vertragen, sintemal es notwendig war, daß wir willensfrei waren, alldieweil der vorherbestimmte Wille ......"

Panglos stekte noch mitten in seiner Demonstration, als der *Familiar der Inquisition* |30|

|30| |31| zu haben, und zwei Portugiesen, die den Spek aus einem Huhn geschnitten hatten, eh' sie's gegessen. Nach dem Essen ward Magister *Panglos* samt seinem Jünger *Kandide* in Ketten und Banden gelegt; jener wegen seiner Reden, dieser wegen der Mine des Beifalls, mit der er zugehört hatte. Man führte jeden in ein besonders Gemach, kühl wie ein Eiskeller, wo die Sonne einem nie auf die Scheitel stach. Nachdem acht Tage verflossen waren, legte man ein *Sanbenito*[3] um ihre Schultern, und schmükte ihre Häupter mit *Carochas*[4]. *Kandiden's* Mütz' und *Sanbenito* war mit abwärtsgehenden Flammen bemalt, und mit Teufeln sonder Krallen und Zagel, aber *Panglosen's* Teufel hatten Krallen und Zagel, und die Flammen stiegen aufwärts.

So bekleidet zogen sie in feierlichster Prozession |32| daher, hörten eine Predigt an, die durch Mark und Bein fuhr, und darnach eine gar unliebliche disharmonische Choralmusik. Während des Gesangs ward *Kandide* nach Noten mit Ruten gestrichen; der Biskajer und die beiden Spekverächter verbrannt, und *Panglos* wider allen Schik und Brauch aufgehängt. Und unter der Erde begann von neuem ein gräsliches Gerassel und Geprassel.

Kandide, ganz ein Raub der Angst und des Schreckens, an jedem Gliede zitternd und blutrünstig sagte bei sich selbst: Ist das die beste aller möglichen Welten, nun so möcht' ich die übrigen sehn! Daß ich mit Ruten gestrichen werde, möchte noch hingehn, wurd' ich's doch auch bei den Bulgaren; aber daß ich Dich mus hängen sehn, trauter *Panglos*, grösster aller Philosophen, ohne zu wissen warum; daß ich Dich, bester aller Menschen, trauter *Jakob*, vor meinen Augen im Hafen musste ertrinken sehn, daß ich hören mus, wie Ihnen Barones *Gundchen*, der Krone aller Mädchen, der Bauch ist aufgeschlizt worden, das, das kann ich nicht verschmerzen, das verleitet mich zu murren.

Mit jedem Schritt einknikkend, schwankte *Kandide* zur Stadt hinaus; war durch Prediger und Büttel wohl gestäupt worden, hatte Absolution und Segen erhalten. Ein altes |33|

|33| |34| Rührung versezt, ergriff mit Wärme ihre Hand, und wollte sie zum Munde führen. „Ne, das wollt' ich mir sehr verbeten haben; das gebührt *mir* nicht. Na, Morgen bin ich wieder da. Brauchen Sie nur die Pomade recht hübsch, lieber junger Herr, und speisen Sie und ruhen Sie fein wohl."

Das that denn *Kandide*; aas und schlief recht gut, so hart ihn auch so vielerlei Ungemach zu Boden drükte. Den folgenden Morgen brachte ihm die *Matrone* zu frühstükken, besichtigte seinen Rükken, und salbte ihn mit einer andern Salbe; gegen Mittag brachte sie ihm zu essen und gegen Abend gleichfalls. Grade so machte sie's auch folgendes Tages. Wer ist Sie, gute Alte? fragte *Kandide* jedesmal. Was bewegt Sie zu dem liebreichen Betragen? Sag

Sie, wie kann ich dafür erkenntlich sein? Kein stummes Wörtchen war von der Alten herauszubringen. Gegen Abend kam sie wieder, aber ganz leer. Kommen Sie mit, sagte sie, aber mäuschenstill!

Sie nimmt ihn beim Arm, und führt ihn wohl eine Viertelmeile weit über Feld. Nunmehr befanden sie sich bey einem freiliegenden Hause, mit Gärten und Kanälen umgeben. Die *Alte* pocht an ein Pförtchen. Es wird aufgethan, und *Kandide* von seiner Führerin eine Winkeltreppe |35| heraufgeführt in ein vergoldetes Kabinet; hier mus er sich auf ein brokatnes Sopha niederlassen. Sie machte die Thüre zu, und ging fort. *Kandide* glaubte zu träumen, hielt sein ganzes Leben für einen widrigen Traum, und den jetzigen Augenblick für einen glücklichen.

Die *Alte* kam bald wieder, und führte eine verschleierte Dame herein von majestätischem Wuchs und schimmerndem Anzug, die an jedem Gliede bebte und mit genauer Not von der Alten aufrecht erhalten werden konte. Nemen Sie den Schleier ab, sagte das *Mütterchen* zum *Kandide*. Er nahte sich, und hob mit blöder Hand den Schleier auf.

Wie dem jungen Mann in *dem* Augenblick zu Mute ward! Ihm deuchte, seine Barones *Gundchen* vor sich zu sehn, und sie stand in der That vor ihm. Dieser so überraschende Anblik fiel mit aller Macht über ihn; das Übermaas seines Glüks berauschte ihn so, daß er sprachlos und ohne Bewegung zu ihren Füssen hinsank, *Gundchen* fiel ohne Sinne auf's Sopha.

Die *Alte* bestrich sie mit allerhand Stärkungswässern. Ihre Sinne sammelten sich wieder, die Sprache fand sich wieder ein. Unzusammenhängende Laute rissen sich anfänglich von ihrem gepressten Herzen los; und dann durchkreuzten |36| sich Frag' und Antwort, Seufzer und Thränen, und Schreie der Freud' und des Erstaunens. Die *Alte* riet ihnen, nicht zu laut zu werden, und lies sie in völliger Freiheit.

„Ha! so leben Sie wirklich noch, Barones? So find' ich Sie in Portugall wieder! So sind Sie nicht geschändet worden; so hat man Ihnen nicht den Bauch aufgeschlizt!" Doch! doch! sagte die schöne *Kunigunde*, allein man stirbt daran nicht immer. „Aber der gnädge Herr Papa sind getödtet worden, und die gnädge Frau Mama?" Leider! alle beide! und Thränen tröpfelten aus *Kunegunden's* Auge. „Und Dero Herr Bruder auch?" „Auch der!" „Wie sind Sie aber nach Portugall gekommen? Wie haben Sie meinen Aufenthalt erfahren? Wie mich hieher gezaubert? Den Schlüssel, liebste *Kunegunde*, zu all' den seltsamen Abentheuern!"

Den sollen Sie sogleich haben, erwiederte die Dame; zuvor aber müssen Sie mir erzälen, wie's Ihnen nach dem unschuldigen Kus gegangen ist, den Sie mir gaben, und nach den Fustritten, die Sie bekamen.

So beklommen auch *Kandide* sich noch fühlte, so schwach und zitternd seine Stimme war, so weh' ihm auch noch sein Rükgrat that:, so erzält' er ihr noch mit der tiefsten Ehrerbietung |37|

|37| |38| ich gewusst, daß das alles Kriegsgebrauch wäre, ich hätte mich anders dabei genommen.

Die Kriegsgurgel gab mir mit seinem Degen einen Stich in die linke Seite, wovon ich noch die Narbe habe. Die ich doch wohl werde zu sehn bekommen? fragte *Kandide* ganz in seines Herzens Unschuld. Warum das nicht! sagte *Kunegunde*, allein jezt lassen Sie mich nur weiter erzälen. „Das thun Sie, Gnädige Barones, das thun Sie!"

Sie knüpfte den Faden ihrer Geschichte folgendermaassen wieder an:

Ein Bulgarischer Hauptmann trat in mein Schlafgemach, sahe wie mein Blut herabtrof; der Soldat blieb, wo er Posten gefasst hatte. Der Hauptmann ward wild, daß dies Vieh so wenig Subordination bezeigte, und stach ihn auf meinem Leibe todt, lies sich hierauf verbinden und führte mich als Kriegsgefangene in sein Quartier. Ich wusch ihm sein Paar Hemden und bestellte seine Küche.

Er fand – mus ich gestehen – daß ich ein gar niedlich Ding sei, und er war – ich kann's gar nicht in Abrede sein – eine sehr wohlgebaute Mannsperson, hatte eine weiche, weisse Haut, aber herzlich wenig Kopf und noch weniger Philosophie: man merkt' es ihm gleich an, daß er kein Schüler des grossen *Panglos* gewesen |39| war. Binnen einem Vierteljahr war all' sein Geldchen fort und er meiner überdrüssig. Er verkaufte mich an den Don *Isaschar*, einen Juden, der nach Holland und Portugall handelte, und ein ungemeiner Liebhaber von Frauenzimmern war.

Wie der Mann an mir hing, wie er mit Bitten und Gewalt in mich drang, und doch konnt' er nicht siegen. Ich that ihm tapfrern Widerstand als dem Bulgarischen Soldaten. Ein rechtschaffenes Mädchen kann wohl einmal geschändet werden, aber dadurch wird sie um so mehr Lukrezia. Um mich zahmer zu machen, führte mich der *Jude* auf dies

Landhaus hier. Ich hatte bisher geglaubt, es gäbe kein schönres Schlos, als das unsrige; nunmehr wurd' ich eines Bessern belehrt.

Eines Tages ward mich der *Großinquisitor* in der Messe gewahr, er warf während des hohen Amts die lüsternsten, buhlendsten Blikke auf mich, und lies mir melden, er hätte mir etwas unter vier Augen zu sagen. Ich ward in seinen Pallast gebracht, entdekte ihm meine Herkunft; er stellte mir vor, wie weit es unter meinem Range wäre, einem Schuft von Juden zuzugehören, und lies dem Don *Isaschar* den Vorschlag thun, mich Ihre Hochwürden Gnaden abzutreten. Dazu wollte sich Don *Isaschar*

|40| nicht verstehn; der Mann ist Hofwechsler, und gilt viel. Der *Inquisitor*[5] drohte ihm mit einem Autodafé.

Das wirkte; jagte meinen *Juden* in's Horn. Husch! schlos er einen Vergleich mit dem Pfaffen; vermöge dessen gehör' ich und Haus ihnen gemeinschaftlich; der Mondtag, Mittewoch und Schabbas gehören dem *Juden*, die übrigen Tage in der Woche gehören dem *Inquisitor*.

Es ist nunmehr ein halbes Jahr, daß dieser Kontrakt aufgesezt ist. Unter der Zeit hat es manch Gekrette[6] gegeben; denn sie konnten sehr oft nicht einig werden, ob die Nacht vom Sonnabend zum Sonntag nach dem alten oder neuen Testamente müsse berechnet werden. Noch hab' ich keinen von beiden erhört, und eben deshalb glaub' ich, werd' ich noch von beiden geliebt.

Endlich liessen der Hochwürdige Herr *Inquisitor* ein Autodafé anstellen, sowohl, um dem Erdbeben zu steuern, als auch, um dem *Juden* einen kleinen Schrek in die Glieder zu jagen. Er war so galant, mich zu dieser Feierlichkeit einzuladen, und mir einen sehr guten Plaz anzuweisen. In der Zeit, da die Messe war |41| und da der Büttel sein Amt verwaltete, wurden den Damen Erfrischungen vorgesezt.

Wie kalt fuhr mir's über den Nakken, als ich die beiden Juden und den ehrlichen Biskajer verbrennen sahe, der seine Gevatterin geheuratet hatte. Das war aber nichts gegen den Schauer und Schrek, der mich ergriff, als ich unter einem Sanbenito und Schandmüze eine Figur gewahr ward, die dem *Panglos* so ähnlich sahe. Ich rieb mir die Augen, sahe stier und starr nach dem Manne hin; es war und blieb *Panglos*. Ich sah' ihn aufhängen und fiel in Ohnmacht.

Kaum hatten sich meine Sinne wieder ein wenig gesammlet, so erblikt' ich Sie, *Kandide*, ganz splitterfadennakt da stehn. Nun war der Kelch meiner Leiden voll; ich war nunmehr ganz ein Raub des Entsetzens und der Verzweiflung. Im Vorbeigehn gesagt, *Kandide*, und zur Steuer der Wahrheit, Ihre Haut ist viel weisser, als meines Bulgarischen Hauptmanns seine, hat ein weit höhers, feiners Rot. O! wie bei diesem Anblik mein Jammer und meine Verzweiflung stieg, die in meinem Innern auf's grausamste wüteten! Ich schrie, wollte sagen: Haltet ein, ihr Barbaren! Das vermochte aber meine Zunge nicht; und was hätt' es auch geholfen?

|42| Nachdem Sie waren tüchtig gestäupt worden, sagt' ich bei mir selbst: Wie mus der liebenswürdige *Kandide* und der weise *Panglos* nach Lissabon gekommen sein, jener um hundert Rutenstreiche zu empfangen, dieser um aufgehängt zu werden auf Befehl des Hochwürdigsten Inquisitors, dessen Liebling ich bin? Wie grausam hat mich *Panglos* hintergangen, daß er mir vordemonstrirte, diese Welt sei die beste!

Ich taumelte halb ohnmächtig nach Hause. In dem Aufruhr, worin meine Sinne waren, stiegen mir alle meine bisher erlebten Begebenheiten zu Kopfe; schob mir meine Phantasie mit hellen Farben gemalt die Würgscene vors Auge, die sich auf dem Schlos zugetragen.

Ich sahe deutlich, wie man meinen Vater schlachtete, und meine Mutter, und meinen Bruder, sahe, wie der garstge Bulgarische Soldat so frech über mich herfiel und mich mit dem Säbel verwundete, wie ich Magd ward, aschenbrödeln musste; sahe meinen Bulgarischen Hauptmann, meinen häslichen Don *Isaschar*, meinen abscheulichen *Inquisitor*, und den guten *Panglos*, wie er aufgehängt wurde. Noch immer gellte mir die widrige Musik in mein Ohr, während welcher Sie den Staupbesen bekamen, noch immer brannte der Kus auf meinen Lippen, den Sie am Tage unsrer Trennung mir hinter |43| der Spanischen Wand gaben. Alles das umschwebte mich auf's lebhafteste. Ich pries nun Gott, der Sie nach so vielen Prüfungen mir wieder geschenkt hatte.

Ich hatte meiner Alten gleich während der Feierlichkeit anbefolen, Ihrer auf's beste zu warten, Sie zu pflegen und bei schiklicher Gelegenheit herzubringen. Sie hat ihren Auftrag redlich erfüllt, und mich jezt in ein Meer von Wonne versenkt.

Ich habe Dich nun wieder, lieber Herzensjunge, höre Dich, spreche Dich, size neben Dir. Doch Dich mus hungern, armer Schelm, gewaltig hungern! Komm, las uns essen. Es ist schon spät, und an Appetit fehlt mir's gar nicht.

Sie sezen sich zu Tische, und nach dem Abendbrod lagerten sie sich auf das dikbesagte schöne Sopha. Noch lagen sie da in grösster Behaglichkeit, als Signor Don *Isaschar*, einer von den Eignern des Hauses und des Mädchens, hereintrat, so wohl um seine Gerechtsame nicht verjähren zu lassen, als auch, um bei *Kunegunden* den zärtlichen Amoroso zu machen. |44|

Neuntes Kapitel.
Was sich mit *Kunegunden*, *Kandiden*, dem *Grosinquisitor* und einem *Juden* zuträgt.

Ein gallevolleres Geschöpf, als dieser Hebräer, hatte man seit der Babilonischen Gefangenschaft in Israel nicht funden. Ha! schrie er, Du bist mit dem Grosinquisitor und mit mir nicht zufrieden? Musst noch einen Schlafgesellen haben, Du Galiläische Peze! Wart Du! und auch Du, Du Hurenschelm!

Mit diesen Worten zukt' er ein Stilet, das er stets bei sich trug, und fiel auf seinen Gegner ein, den er wehrlos glaubte. Allein dieser wakre Westphale hatte von der *Alten* nebst dem vollständigsten Anzuge einen schönen Degen bekommen. Den zog er, so kindfromm er auch war; und mausetodt lag der *Israelit* zu den Füssen der schönen *Kunegunde*.

Jesus Maria! rief sie. Nun ist alles aus. Ein Todter bei mir im Hause! Wenn nun die Wache kömt! O wir sind verloren! Was fangen wir an! Hinge der gute *Panglos* nur |45| nicht, sagte *Kandide*, er sollte alles in's Reine bringen, denn er war ein grosser Philosoph. In Ermanglung seiner, müssen wir schon die *Alte* um Rat fragen.

Sie war ein gar kluges Weib, und eben begann sie ihre Meinung zu sagen, als sich ein andres Thürlein öfnete. Es war eine Stunde nach Mitternacht, der Sonntag brach an. Dieser Tag gehörte dem Herrn *Inquisitor*. Ihro Hochwürden Gnaden traten herein, sahen den gestäupten *Kandide* mit dem Degen in der Hand, einen todten Leichnam auf der Erde liegen; *Kunegunden* todtenblas und bebend, und die *Alte* die mit ihrem guten Rat herausrükte; und blieben starr angewurzelt stehn an der Thürschwelle, ohne alle Besinnung; um so mehr Besonnenheit und Überlegungskraft hatte *Kandide*.

Ha! dacht' er, ruft der heilige Mann Hülfe, so werd' ich ganz unfehlbar verbrant und auch *Kunegunde*. Er hat mich unbarmherzig geisseln lassen, ist mein Nebenbuler; im Morden bin ich einmal, und jezt gilt's.

Wie beschlossen, so gethan. Der *Inquisitor* lag, den Degen bis an's Heft in die Brust, neben dem *Juden*, eh' er sich hatte besinnen können. Immer besser, rief *Kunegunde*. Nun sind wir unwiederbringlich verloren! Bannfluch und Tod schweben über uns. *Kandide*, |46| wie haben Sie, die Sanftmut selbst, in zwei Minuten einen Juden und einen Prälaten umbringen können? Lieb' und Eifersucht, und die Rutenstreiche der Inquisition können das Lamm wohl zum Tiger machen, erwiederte *Kandide*.

Wissen Sie was? sagte die *Alte*. Wir haben drei tüchtige Andalusische Gäule im Stall und auch Sattel und Zeug. Unser tapfrer Herr *Kandide* zäumt sie auf, und sattelt sie; derweile stekken die gnädge Barones Ihre Moydors[7] und Ihre Diamanten bei sich, und dann husch! auf und davon, und nach Cadix. Ich kann zwar nur meinen halben Hintern brauchen, das thut aber weiter nichts. 'S is ganz allerliebst Wetter, und in der Kühle beim Mondenschein lässt sich's des Nachts ganz scharmant reisen.

|47| *Kandide* sattelte sogleich die Pferde, und machte mit *Kunegunden* und der *Alten* einen Ritt von fünfzehn Meilen in Einem Striche. Indes daß die fortjagten, kam die heilige Hermandad[8] in's Haus. Der Herr *Inquisitor* ward in der Dohmkirche mit allem Gepränge beigesezt, *Isaschar* aber auf den Schindanger geworfen.

Kandide, *Kunegunde* und die *Alte* befanden sich nunmehr in einem Wirtshause in dem Städtchen *Avacena*, das mitten in der *Sierra Morena*[9] lag. Hieselbst hielten sie folgendes Gespräch. |48|

Zehntes Kapitel.
***Kandide*, *Kunegunde* und die *Alte* kommen in einer gar schlimmen Lage zu Cadix an, und schiffen sich ein.**

Kunegunde (schluchzend.) Alle meine Crusaden[10] und Diamanten sind fort! Wer mus mir die gestohlen haben! Wovon wollen wir nun leben? Wo Inquisitoren und Juden finden, die mir andre geben?

Die Alte. Was ich glaube, – aber Gott verzeihe mir die schwere Sünde, wenn ich ihm zu viel thue – ich denke aber immer, ich denke, der ehrwürdige Pater Graurok, der mit uns zu Badajos sein Nachtquartier hatte, hat sie heissen mitgehn. Er kam zweimal zu uns in die Stube, und war schon lang' über alle Berge, eh' wir an die Abreise dachten.

Kandide. Der wakre *Panglos* hat mir oft bewiesen, daß alle Güter hienieden gemeinschaftlich sind, Hinz daran so gut Antheil |49| hat als Kunz. Vermöge dieser Grundsäze hätte uns jener Barfüssermönch wenigstens so viel Geld lassen sollen, um unsre Reise bestreiten zu können. Haben Sie denn gar nichts behalten, gnädige Barones?

Kunegunde. Keinen Maravedis[11]!

Kandide. Was nun zu thun?

Die Alte. Ein Pferd verkaufen, da ist kein andrer Rat. Ich seze mich hinter die gnädge Barones so gut es mit meinem halben Gat angeht, und damit immer zu nach Cadix.

In eben dem Wirtshause befand sich ein Benediktinerprior, der kaufte ihnen das Pferd um einen Pappenstiel ab. *Kandide* und die *Alte* nahmen ihren Weg über Lucena, Chillas, Lebrixo nach Cadix. Hier ward eine Flotte ausgerüstet, die Truppen mussten sich hier stellen, welche die ehrwürdigen Paters des Jesuiterordens zu Paraguay zu Paaren treiben sollten. Leztre hatten, gab man ihnen wenigstens Schuld, eine ihrer Indischen Horden bei der Stadt St. Sakrament gegen die Könige von Spanien und Portugall aufgewiegelt.

|50| *Kandide* machte dem General dieser kleinen Armee die Bulgarischen Kriegsexerzizien vor, und das so flink, so dreist, mit solchem soldatischen Anstande, daß der General ihm augenbliklich eine Kompagnie bei der Infanterie gab. Der neugebakne Herr *Hauptmann* nebst Barones *Kunegunden* und der *Alten* schiften sich ein, nahmen noch zwei Bedienten, und die beiden Andalusischen Pferde mit, die weiland dem Herrn *Grosinquisitor* von Portugall gehört hatten.

Während der Überfahrt unterhielten sie sich beständig von der Philosophie des armen *Panglos*. Wir kommen nun in eine andre Welt, sagte *Kandide*, und unstreitig ist diese die beste. Denn man muß gestehn, man hat wohl Ursach, über den physischen und moralischen Zustand unsrer Welt ein wenig zu seufzen.

Kunegunde. Ich liebe Sie von ganzem Herzen *Kandide*, doch alles das, was ich gesehn, was ich erlitten habe, hat mich ganz scheu und verzagt gemacht; mir ahnet nichts guts. Lassen Sie Sich um's Himmelswillen nicht blessiren oder todt schiessen!

Kandide. Es wird alles gut gehn. Schon das Meer in dieser neuen Welt ist besser als in unsrer Europäischen; ist weit ruhiger; die Winde |51| weit beständiger. Warlich, die neue Welt ist die beste unter allen möglichen Welten.

Kunegunde. Das gebe Gott! nur wahren Sie sich, daß man Sie nicht blessirt oder todt schiest, und wir beide unglüklich werden. Ich kann mich gar nicht beruhigen, denn ich habe in unsrer Welt schon so gräsliches Elend ausgestanden, daß kein Stral der Hofnung mehr in meine Seele sich hineinstiehlt.

Die Alte. Was das für ein Gethue, für ein Geklage ist! Wären Sie an meiner Stelle gewesen, Sie sollten auf einem gar andern Loche pfeifen. Ich kann noch ein Liedchen von Unglüksfällen singen.

Kunegundens Mund zog sich ein wenig zum Lächeln; es kam ihr drollicht vor, daß die alte Mutter behauptete, sie sei unglüklicher, wie sie. Haben Euch, sagte sie, nicht zwei Bulgaren geschändet; habt Ihr nicht zwei Degenstiche in den Leib bekommen; sind nicht zwei von Euren Schlössern verwüstet worden, hat man nicht vor Euren Augen zwei Väter und zwei Mütter ermordet; und habt Ihr nicht zwei von Euren Liebhabern im Autodafe stäupen sehn: so seh' ich nicht ab, wie Ihr Euch unglüklicher nennen könnt, als ich. Erwägt noch überdem, daß ich Barones bin, meine einundsiebzig Ahnen aufweisen |52|

|52| |53| mitten in dem bunten Zirkel von Ergezlichkeiten. Was für Erwartungen machte man sich nicht von mir; was für Ehrerbietung erwies man mir nicht; was für Liebe flößt' ich nicht schon ein!

Mein Busen wölbte sich bereits. Es war ein Busen, der an Weisse und Festigkeit und Ründung dem Busen der Mediceischen Venus glich! Das Auge, wie zaubrisch! die Wimpern, wie meisterhaft! die Augenbrauen rabenschwarz! und die Glut, die in meinen Augäpfeln lag, überstralte das ganze Sternenheer, wie die Poeten aus dem Stadtviertel sangen. Meine Kammerweiber, wenn sie mich auszogen und so von vorn' und hinten beschauen konnten, waren wie in's Paradies verzükt; alle Mannspersonen wünschten sich an ihre Stelle.

Ich ward mit dem regierenden Fürsten von *Massa Carara* versprochen. Ein gar süsser, herrlicher Junge! Ganz Geist, und ganz glühende, schwärmende Liebe! und völlig so dichtrisch schön gebildet, wie ich! Er war meine erste Liebschaft! sonach liebte ich ihn mit der innigsten Wärme, macht' ihn zum Abgott meiner Seele.

Man traf Anstalten zum Beilager. Was war da für Pomp! für unerhörte Pracht! Was für ein Zirkeltanz von Lustbarkeiten. Feste ketteten sich an Feste, Ringelrennen an Ringelrennen, |54| Turnier' an Turniere, Operabuffas an Operabuffas, und ganz Italien sang mir zu Ehren Sonnette, davon das geringste dichtrischen Stempel trug; eines *Ariost's* und *Tasso* würdig war.

Ich stand am Ziele meines Glüks, als eine alte Marchese, eine ehmalige Buhlschaft meines Prinzen, ihn zur Schokolate bitten lies. Er starb in weniger denn zwei Stunden an den schreklichsten Verzukkungen. Kleinigkeit gegen meine übrigen Unglüksfälle!

Dieser Tod sezte meine Mutter ganz ausser sich, ob er sie gleich lange nicht so heftig angrif, wie mich. Sie wollte sich eine Zeitlang von einem so unangenemen Aufenthalt losreissen. Wir fuhren nach Gaetta, wo sie ein sehr schönes Landgut hatte; unser Schiff war eine Päbstliche Galeere, so stark vergoldet als der St. Petersaltar zu Rom. Nicht lange, so stürzte ein Saleescher Korsar auf uns zu und enterte. Unsre Mannschaft wehrte sich wie wahre Päbstliche Soldaten, warf ihre Waffen weg, fiel nieder auf die Kniee, und ganz in lezten Zügen bat sie den Korsaren um Absolution.

In einem Nu standen sie ganz affenkahl da; meiner Mutter, unsern Hofdamen und mir ging's nicht besser. Husch husch! und wir waren entkleidet. Ich habe nie flinkre Kammerdiener gesehn. |55| wie diese Herren Seeräuber. Doch nam mich dies nicht so Wunder, als daß sie uns insgesamt einen Ort durchfingerten, dem wir Weiber uns gemeiniglich nur mit der Klistierspritze zu nahe kommen lassen.

Nie aus meinen vier Pfälen gekommen, däuchte mir der Brauch ganz sonderbar. Ich erfuhr bald zu was Ende dies geschähe; sie wollten wissen, ob wir nicht daselbst einige Diamanten verstekt hätten. Das ist uralte Sitte bey allen gebildeten Völkerschaften, die auf der See umhertreiben. Machen's doch die Herren Maltheserritter nicht besser, wenn sie Türken und Türkinnen gefangen bekommen und sind Geistliche. Dies Gesez des Völkerrechts wird stets beobachtet.

Wie peinlich, wie zu Boden drükkend es für eine junge Prinzessin sein mus, mit ihrer Mutter als Sklavin nach Marokko geführt zu werden, brauch' ich Ihnen nicht erst zu sagen; Sie können Sich's leicht vorstellen, so wohl als die Leiden, die wir auf dem Raubschiffe auszustehn hatten.

Meine Mutter war noch sehr schön, unsre Hofdamen, sogar die blossen Kammerweiber, besassen mehr Reize, als in ganz Afrika zu finden sind. Und ich hatte all die entzükkende Schönheit, war mit all' der Lieblichkeit, dem namenlosen Zauber umflossen, womit Mutter Eva aus |56| den Händen Gottes hervorging; noch hatt' ich keinen Mann erkannt, aber bald musst ich's. Die Rose, die ich dem schönen Fürsten von *Massa Carara* aufbewahret, zerknikte der Hauptmann der Räuber; eine abscheuliche Frazenfigur von Neger, die mir dadurch noch ungemeine Ehre zu erweisen glaubte.

Warlich! die *Fürstin von Palästrina* musste so wohl, wie ich, Herkulesschultern haben, um all das Ungemach zu tragen, das bis zu unsrer Ankunft in Marokko über uns kam. Kein Wort weiter davon! Es ist etwas zu alltägliches, als daß es der Mühe lohnte, davon zu reden.

Bei unsrer Ankunft schwamm Marokko in Blut. Funfzig Söhne des Kaisers Mulei Ismael hatten jeglicher seine Partei; sonach wüteten daselbst funfzig bürgerliche Kriege. Schwarze fochten gegen Schwarze, fochten gegen Schwarzbraune, Schwarzbraune gegen Schwarzbraune, Mulatten gegen Mulatten; das ganze Land umher glich einer

Mezge, wo Arbeit vollauf war.

Kaum waren wir auf dem Gestade, so rükte eine feindliche Partei an, die unserm Korsaren seine Beute abnehmen wollte. Wir waren nach den Diamanten und dem Golde das Allerkostbarste, was er hatte. Ich war Zeuge eines Kampfs, den Ihr in Euren Europäischen Gegenden nie so |57| gesehn habt; dazu haben die Nordischen Völker nicht heisses glühendes Blut genug; sie haben ja nicht einmal so viel Wut, als jedes Weib in Afrika. Bey Euch Europäern scheint Milchsaft in den Adern zu rinnen; Vitriol, Feuer hüpft, sprüzt durch jede Nerve bei den Bewohnern des Berges Atlas, und der benachbarten Gegenden.

Wütend wie die Löwen und Tiger und Schlangen dieses Landes, fielen sie sich an, und strebten uns einander abzukämpfen. Ein Mohr pakte meine Mutter beim rechten Arm, der Leutnant unsers Schifs ris sie beim Linken zurük; straks nam ein Schwarzer ihren einen Fus, einer unsrer Seeräuber zog sie beim andern nach sich. Und so wurden all' unsre Frauenzimmer beinahe in Einem Nu von vier Soldaten angepakt.

Mein Hauptmann hatte mich hinter sich verstekt, und säbelte alles nieder, was sich zwischen ihn und seinen Grimm stellte. In Kurzem sah' ich unsre Italienerinnen und meine Mutter von denen Ungeheuern zerrissen, zerhauen, zerfezt, die sich um ihren Besiz herumkämpften. Gefangne und Gefangennemer, Soldaten und Matrosen, Schwarze und Weisse und Mulatten, alles, alles wurde niedergemacht, endlich mein Hauptmann auch, und ich blieb sterbend auf einem Haufen von Todten liegen.

|58| Solcherlei Scenen wurden bekanntermaassen in einem Bezirk von mehr denn dreihundert Meilen gespielt, ohne daß man deshalb die fünf Gebete vergas, die Mahomet täglich zu beten befohlen hat.

Es ward mir sehr sauer, mich unter der Menge auf einander geschichteter blutiger Leichname hervorzuarbeiten. Ich schleppte mich nach einem grossen Pomeranzbaum, der am Rande eines nahen Bachs stand. Entsezen und Müdigkeit, Verzweiflung und Hunger hatten mich so erschöpft, daß ich sogleich umsank und bald darauf einschlummerte.

Es war mehr Ohnmacht, als Schlaf, worinn ich mich befand. In diesem Mittelzustande zwischen Leben und Tod, in dieser Art von Hinbrüten mocht' ich eine Weile gelegen haben, als ich eine Last auf mir liegen fühlte, und mein Körper Erschütterungen bekam. Ich blikte auf, und ward einen wohlgebildeten jungen weissen Mann gewahr. Er seufzte und murmelte zwischen den Zähnen: O che sciagura d'essere senza coglioni.|59|

Zwölftes Kapitel.
Wie übel es der *Alten* weiter ergieng.

Erstaunt und entzükt, meine Muttersprache zu hören, und über die eben vernommene Rede nicht wenig verwundert, erwiederte ich, daß es noch grössres Unglük gäbe, als das sei, worüber er sich beklagte. Mit einem Paar Worten erzält' ich ihm alle das gräsliche Elend, dessen Raub ich gewesen, und sank wieder in Ohnmacht. Er trug mich in ein benachbartes Haus, legte mich in ein Bette, brachte mich wieder zu mir, erquikte mich, lies mirs nicht an Wartung und Trost, noch an Schmeicheleien abgehn; sagte, er habe nie auf Gottes Erdboden ein schöneres Geschöpf gesehn, als mich, und seinen unersezbaren Verlust nie so stark betrauert, als jezt.

Ich bin aus Neapel bürtig, sagte er, wo Jahr aus Jahr ein zwei- bis dreitausend Knaben kappaunt werden. Einige sterben, andre erhalten Stimmen, die an Schönheit die weiblichen übertreffen, noch andre gehn aus in alle Lande, und werden an's Regimentsruder gesezt. Ich ward mit dem günstigsten Erfolge kastrirt, und |60| sodann Kapellsänger bei Ihro Durchlaucht, der *Fürstin von Palästrina*.

Bei meiner Mutter, schriee ich! Bei Ihrer Frau Mutter! rief er: und Thränen schossen über seine Wangen. So wären Sie die junge Prinzessin *Aurora*, die ich bis in's sechste Jahr erzogen, bei der damals all' die Reize in der Knospe lagen, die ich bei Ihnen in so voller, schimmernder Blüte sehe! Sind Sie's denn wirklich? „Wirklich! und meine Mutter liegt vierhundert Schrit von hier unter einem Haufen von Todten geviertheilt!"

Ich erzält ihm all' meine Begebnisse, und er mir die seinigen, er sagte mir, eine gewisse christliche Macht hab' ihn nach Marokko gesandt, um mit diesem Monarchen einen Traktat zu schliessen, mittelst dessen man ihm Pulver, Kanonen und Schiffe zu liefern versprach, damit er um so leichter der Handlung der übrigen christlichen Mächte das

Garaus machen könnte. Mein Auftrag ist beendigt, sagte der galante Hämmling[12] zu mir, ich schiffe mich zu *Ceuta* ein, und bringe Sie nach Italien zurük. Ma sche sciagura d'essere senza coglioni.

Ich vergos Thränen des innigsten Danks für all' das, was er an mir gethan hatte, und noch thun wollte. Er brachte mich nicht nach |61| Italien, sondern nach Algier, und verkaufte mich an den dortigen Dei. Kaum war ich verkauft, als die Pest, die nachher Afrika, Asien und Europa durchzogen hat, in Algier zu toben begann. Erdbeben haben Sie schon gesehn, doch die Pest wohl nie gehabt, Barones? Nie, antwortete *Kunegunde*.

Sonst würden Sie mir einräumen müssen, daß Erdbeben, dagegen gerechnet, gar nichts sagen wil. In Afrika ist sie gäng und gebe; sie verschonte mich auch nicht. Stellen Sie sich nun die Lage vor, worin sich die funfzehnjährige Tochter eines Pabsts befand! In Einem Vierteljahre hatte sie Geliebten verloren, und Freiheit, war fast täglich geschändet worden, hatte immer Hungertod und Kriegsgetümmel vor Augen gehabt, und sollte jezt an der Pest sterben.

Ich kam demungeachtet glüklich davon, allein mein *Kastrat* ging drauf, und der *Dei* und fast der ganze Algierische Serail. Als diese fürchterliche Pest eine kleine Pause gemacht, wurden die Sklaven des Deis verkauft. Ein Kaufman erhandelte mich, und nam mich nach Tunis, wo er mich einem seiner Kollegen überlies. Dieser verkaufte mich nach Tripolis, von Tripolis wurd' ich nach Alexandrien verkauft, von Alexandrien nach Smirna, von Smirna nach Konstantinopel.

|62| Nunmehr befand ich mich in den Händen eines Janitscharenagas[13], der bald darauf Befehl erhielt, dem von den Russen belagerten Azof zum Entsaz zu kommen. Dieser Aga war ein überaus galanter Mann; er nam alle seine Kebsdamen mit, logierte uns in eine kleine Schanze, dicht am See Tana, die von zwei schwarzen Verschnittnen und zwanzig Soldaten bedekt wurde. Die Russen stürzten anfänglich hin wie die Fliegen; bald aber kehrte sich das Blat. Azof ging über, wurde mit Feuer und Schwert verwüstet; bei den Überwindern galt kein Ansehn des Alters noch Geschlechts.

Unsre kleine Schanze hielt sich noch; die Feinde beschlossen sie auszuhungern. Die zwanzig Janitscharen hatten geschworen, sich nie zu ergeben. Der äusserste nagendste Hunger nötigte sie, unsre beiden Verschnittnen aufzufressen, damit sie ihren Schwur nicht brechen durften. Nach Verlauf etlicher Tage beschlossen sie, es mit uns ebenso zu machen.

Wir hatten aber einen gar frommen Iman bei uns, einen recht barmherzigen Samariter, der hielt eine gar herrliche Predigt, wodurch sie anders Sinnes wurden. Umbringen müsst Ihr die Weiber nicht, sagte er, aber jeglicher von ihnen |63| den halben Hinterbakken ablösen, das lass' ich gelten; auf die Art werdet Ihr Essen die Fülle haben; gebricht's Euch wieder an Proviant, nun so wisst Ihr ja, wo Eure Vorratskammer liegt. Ihr könnt sodann mit Zuversicht hoffen, daß Euch Allah wegen einer solchen Barmherzigkeit nicht ohne Beistand lassen wird.

Da dieser Priester ein guter Schwadronör war, so drang er durch, und man nam die grausame Operation vor. Der Iman bestrich uns in eigner Person mit Beschneidungsbalsam. Wir waren allesamt todtsterbenskrank.

Kaum hatten die Janitscharen die Mahlzeit hinter, die wir ihnen verschaften, so waren die Russen in flachen Fahrzeugen da, und stürmten die Schanze. Kein Janitschar blieb am Leben. Uns schleppten die Sieger mit, ohne sich um unsern Zustand im mindesten zu kümmern.

Französische Wundärzte findet man allenthalben. Sonach hatten die Russen einen *in der* Kunst gar wohl erfahrnen Franzman bei sich, der nam uns in die Kur, und heilte uns glüklich. Er suchte uns dadurch zu trösten, daß dergleichen Kriegsgebrauch wäre, und sich schon bei vielen Belagerungen ereignet hätte. Wie meine Wunden völlig zugeheilt waren, verlangt' er von mir Minnesold. Ich werde *den* Antrag in meinem Leben nicht vergessen.

|64| Als meine Gespielinnen gehn konnten, mussten sie nach Moskau wandern. Ich fiel einem Bojaren[14] zu Theil, der mich zu seiner Gärtnerin machte, und mir täglich zwanzig Hiebe mit der Knute gab. Allein nach zwei Jahren wurde dieser Herr mit dreissig andern Bojaren gerädert, weil sie am Hofe ein gar hübsches Rührei[15] gemacht hatten.

Diese Begebenheit benutzt' ich, wipste davon, durchstrich ganz Rusland, war lange Zeit zu Riga Aufwärterin in einem Wirtshause, bekleidete *den* Posten auch zu Rostok, Wismar, Leipzig, Kassel, Utrecht, Leiden, Haag, Rotterdam, ward im Elend und in der Schande alt und grau; schleppte allenthalben meinen halben Hintern mit herum, und die Erinnrung, daß ich die Tochter eines Pabsts sei. Hundertmal war ich Willens, mich zu tödten, aber immer siegte die Liebe zum Leben.

Diese lächerliche Schwäche ist eine unsrer unseeligsten Triebe. Kan man sich wohl etwas thörichters denken, als ein Geschöpf, das eine Last |65| immer mit sich herumschleppt, die es gern alle Augenblikke von sich werfen möchte? Das sein Dasein verabscheut, und doch platterdings nicht daran will, ihm ein Ende zu machen? Kurz, das eine Schlange hätschelt, die immer in ihm fortnagt, bis sie ihm das Herz abgefressen hat.

In all' den Ländern, wohin mich das Schiksal getrieben, und in allen Wirtshäusern, wo ich Aufwärterin gewesen, hab' ich Personen die Menge gefunden, die ihr Dasein verfluchten, aber nur ein Duzend gesehn, die ihrem Elende ein freiwilliges Ende machten. Das waren drei Mohren, vier Engländer, vier Genfer, und ein Leipziger Professor, Namens *Zerbin*.

Mein letzter Dienst war bei dem Juden Don *Isaschar*. Ich lernte ihn vor zwei Jahren in Rotterdam kennen, wo er in dem Gasthofe logierte, worin ich diente. Ein niedlicher Bettwärmer, den er mit sich gebracht, hatte sich in alle seine Kostbarkeiten und in seine vollgepfropfte Börse so stark verliebt, wie er sich in dies Kreatürchen, und den Anschlag gemacht, durch meine Beihülfe damit über alle Berge zu gehn. Diese Zumutung verdros mich; ich stekte dem *Juden* das Projekt seines Mädchens; er verhinderte sie an dessen Ausführung, indem er sie sezen lies, und mich nahm er zur Belohnung meiner Redlichkeit |66| mit nach Portugall, wo er mir Zeit Lebens Unterhalt zu geben versprach.

Bald darauf kamen Sie in sein Haus, und er gab mich Ihnen zur Bedienung. Sie wissen, wie ich stets an Ihnen gehängt, gnädige Barones, wie ich über Ihre Schiksale ganz die meinigen vergessen habe, die um so härter sind, da mein Elend nur erst mit meinem Leben ein Ende nemen kan. Denn Sie müssen noch wissen, bei Verlust des Kopfs darf ich mich in den Landen meines verstorbnen Vaters nicht wieder sehen lassen. Sein Nachfolger auf dem Päbstlichen Stuhl, ein geschworner Feind meiner Mutter und des Hauses *Massa Carara*, hat nicht nur alle unsre Güter eingezogen, sondern auch bei Landesverweisung verboten, meiner in Gesellschaft zu erwähnen. Durch ihn, theils bestochen, theils durch niedrige Schmeichelei bewogen, haben verschiedne Geschichtschreiber nicht nur meinen Vater aus der Liste der Päbste weggelassen, sondern auch sogar öffentlich im Druk meine und meiner Mutter Existenz glatt weggeläugnet.

Urtheilen Sie nun selbst, wer von uns beiden das Mehrste erlitten hat, und gleichwohl hätt' ich Ihnen nie meine Unglüksfälle erzählt, wenn Sie mich nicht durch Ihre bittern Klagen dazu aufgefordert hätten, und wenn's nicht im Schif, so gut wie auf der Landkutsche, Mode |67|

|67| |68| Schade, sehr schade! sagte *Kandide*, daß der weise *Panglos* wider alle Sitt' und Brauch in einem *Audodafé* ist aufgehängt worden, was für vortrefliche Dinge würd' er über das physische und moralische Übel sagen, das unserm Erdwasserball bedekt, und ich würde mich stark genug fühlen, ihm einige bescheidne Einwürfe zu machen.

Über die Erzählungen langte man, eh' man sich's versahe, in Buenos-ayres an. *Kunegunde*, Hauptmann *Kandide* und die *Alte* begaben sich zum dasigen Stathalter, dem *Don Fernando d'Ibara y Figueora y Mascarenes y Lampourdos y Souza*. Er war so hochfahrend, als es ein so vielbetitelter Mann sein musste; sprach in so hochadelich-verächtlichem Tone mit Mannspersonen, trug seine Nase so hoch hinaus in die Lüfte, erhub seine Stimme so posaunenmässig, hatte einen so befehlshaberischen Ton, und solchen Pfauengang, daß jedem, der ihm seine Aufwartung machte, der Gelust ankam, ihn derb durchzuprügeln; die Frauenzimmer liebt' er auf's heftigste; *Kunegunde* däuchte ihm das schönste, reizendste Geschöpf, das er je gesehn hatte. Seine erste Frage war, ob sie des *Hauptmanns* Frau sei.

Das fragte er mit einem Ton, mit einer Mine, daß *Kandide* ganz zu Boden geschlagen |69| wurde. Für seine Frau mocht' er sie nicht ausgeben, weil sie's noch nicht war, für seine Schwester auch nicht, denn das war sie noch weniger; er war zu sehr Teutscher, um sich dieser Notlüge zu bedienen, die so manchen Patriarchen aus der Not gerissen hatte, und auch noch heutiges Tages gute Dienste leisten konnte. Deshalb sagte er grad heraus: die Barones *Kunegunde* wird mich mit ihrer Hand beehren, und wir ersuchen Ihro Exzellenz unterthänigst, die hohe Gnade für uns zu haben, und unsre Hochzeit auszurichten.

Don Fernando d'Ibara y Figueora y Mascarenes y Lampourdos y Souza strich hohnlächelnd seinen Zwikkelbart und befahl dem Hauptmann *Kandide* seine Kompagnie zu mustern. *Kandide* gehorchte und lies den *Stathalter* bei Barones *Kunegunden* allein. Dieser entdekte ihr nunmehr seine Brunst, und betheuerte ihr, er wolle ihr Morgen im Angesicht der Kirche seine Hand reichen; wolle sie ihn aber mit ihrer ausserehlichen Liebe beglükken, so woll' er sich auch da nach ihr richten. *Kunegunde* bat sich eine Viertelstunde von ihm aus, um sich sammlen, die *Alte* um Rat fragen und sich entschliessen zu können.

|70| Die *Alte* sagte zu ihr: Sie haben zweiundsiebzig Ahnen und keinen roten Heller, können jezt die Gemalinn des angesehnsten und stattlichsten Zwikkelbarts in ganz Südamerika werden. Was wollen Sie sich da bedenken. Not hat kein Gebot, und wozu *Sie* den *Pastor Fido* im Reifrok spielen wollen, seh' ich nicht ab. Sie sind von den Bulgaren geschändet worden, haben sich vom *Juden* und *Inquisitor* brauchen lassen. Wär' ich in Ihrer Stelle, ich griffe zu, näme den Herrn *Stathalter* zum Manne ohn' alles Fakkeln und machte dem Herrn Hauptmann *Kandide* glüklich.

Indeß daß das *Mütterchen* mit all' der Klugheit sprach, die Alter und Erfahrung geben, sah man ein Schiflein in den Hafen einlaufen, worauf sich ein *Alkalde*[16] und *Alguazils*[17] befanden. Was die Herren wollten, soll der Leser gleich erfahren.

Die *Alte* hatte ganz Recht gehabt, daß der weitärmliche Franziskaner zu Badajos *Kunegunden* auf ihrer eilfertigen Flucht ihr Gold und ihre Diamanten gestohlen. Er hatte einige |71| Steine einem Juwelier verkaufen wollen, der sie erkannte, und ihn festnehmen lies. Unterm Galgen hatte der Mönch bekannt, daß er sie gestohlen, die Personen beschrieben, denen er sie entwandt, und den Weg, den sie genommen hatten. *Kunegunde'ns* und *Kandiden's* Flucht war bereits bekannt: man sezte ihnen bis Cadix nach, ohne sie einholen zu können; von da aus wurd' ihnen ungesäumt ein Schif nachgesandt, und dies Schif lag jetzt im Hafen.

Überall hörte man, eben sei ein Alkalde ausgestiegen, und man suche die Mörder des *Grosinquisitor's* auf. Die kluge *Alte* sahe den Augenblik ein, was zu thun war. Fliehen können Sie nicht, sagte sie zur *Kunegunde* und brauchen's auch nicht. Ihnen können sie nicht an den Hals kommen, denn Sie sind nicht der Mörder des *Inquisitor's*; Sie haben überdies beim *Stathalter* solchen Stein im Brete, daß er Ihnen kein Härchen wird krümmen lassen. Bleiben Sie nur in Gottes Namen da.

Drauf rannte sie in voller Hast zum *Kandide*. Machen Sie Sich über alle Berge, Herr Hauptmann, raunte sie ihm zu, sonst sind Sie in einer Stunde verbrannt. Aufhalten durft' er sich nicht einen Augenblik, trennen konnt' er sich nicht von seiner *Kunegunde*, und einen |72|

|72| |73| O traute *Kunegunde!* rief *Kandide*, und Thränen flossen über seine Wangen, so mus ich Dich denn verlassen! mus Dich in dem Zeitpunkt verlassen, da der Herr Stathalter uns zusammenfügen wollte! Musst' ich Dich darum herführen, meine *Kunegunde!* O was wird aus Dir werden!

Kakambo. Alles guts! sie wird den Mantel nach dem Winde drehn. Ich möchte das Weib sehn, das sich nicht aus der jämmerlichsten Patsche zu helfen wüsste. Und zu dem sind ja die Weiber unsers Herr Gotts liebsten Kinder! – Die Sporen in die Rippen, Herr!

Kandide. Wo willst Du denn hin? Wo geht's denn zu? Und was wollen wir ohne *Kunegunden* machen?

Kakambo. Sie haben doch *gegen* die Jesuiten wollen zu Felde ziehn, wissen Sie was, ziehn Sie *für* sie zu Felde. Beim heiligen Jakob vom Compostel, ich weis Weg und Steg und will Sie zu ihnen bringen. Das wird ihnen 'ne rechte Herzensfreude sein, 'nen Hauptmann zu kriegen, der 's Bulgarische Manövriren versteht. Sie werden da 'ne gar herrliche Nummer finden.

Geht's einem in einem Welttheil schief, so zieht man in einen andern, und kömt da uf 'nen grünen Zweig; krigt wieder ganz was anders zu |74| sehn, ganz was anders zu hören und auch 'n ganz ander Stükchen Arbeit, wenn man will. O es ist 'n gar scharmantes herrliches Ding um's Reisen!

Kandide. So bist'u in Paraguai bekannt?

Kakambo. Wie'n Pudel, bei meiner armen Seele! Bin ja Aufwärter gewesen in dem Jesuiterkollegium zu Assumption, weis im Guvernement der Los Padres so gut Bescheid wie uf den Gassen zu Cadix. Das ist Ihnen noch 'n Königreich, das sich gewaschen hat. Schon jezt hat's mehr als dreihundert Meilen im Umkreise, und ist in dreissig Provinzen eingetheilt. *Los Padres* schieben alles in ihren Sak, und das Volk hat nicht mal 'ne lahme Laus, die sein wäre. Wie schlau dort die Gerechtigkeit ist! Wie klug sie alles eingefädelt haben! O darüber geht nichts! Ne! solche herrliche kapitale Kerls giebt's gar nicht mehr wie *Los Padres!* Hier ziehn sie gegen den König von Spanien und von Portugall zu Felde, dort beichten und beabendmalen sie sie, hier knikken sie den Spaniern uf'n Kopf, dort beten sie sie mit Leib und Seel in'n Himmel. 's ist ganz allerliebst!

Nur immer die Sporen in die Rippen! – Nun werden Sie erst recht in's Wohlleben 'reinkommen und uf 'nen grünen Zweig! Sie werden |75| sich recht in der Seele freuen, Los Padres, wenn sie hören, daß 'n Hauptmann zu ihnen stöst, der's Bulgarische Manövriren versteht.

Am ersten Schlagbaume sagte *Kakambo* zur Schildwacht: Es wär' ein Hauptmann da, der dem Herrn *Kommandanten* seine Aufwartung machen wollte. Sofort wird's der Hauptwache gemeldet, und ein Paraguaischer Offizier bringt dem *Kommandanten* davon Rapport. *Kandide* und *Kakambo* werden entwafnet, und die beiden Andalusischen Gäule in Beschlag genommen.

Man führte sie durch zwei Reihen Soldaten; am Ende stand der *Kommandant*, ein dreiekkichtes Barett auf, den Rok zurükgeschlagen, den Degen an der Seite, das Sponton in der Hand. Er winkte, und sogleich umringten vierundzwanzig Soldaten die beiden Fremden. Ein Sergent sagte zu ihnen: Sie müssten sich gedulden: der Herr *Kommandant* könnte sie nicht sprechen, denn Ihro Hochehrwürden der Pater Provinzial erlaubte keinem Spanier anders als in seiner Gegenwart das Maul aufzuthun, und duldete ihn nicht länger im Lande, als höchstens drei Stunden.

Und wo sind Ihro Hochehrwürden? frug *Kakambo*. „Uf der Parade, Sie haben eben Ihre Messe gelesen. Vor drei Stunden können |76| Sie seine Sporen nicht küssen." „Er ist aber keen Spanier der Herr Hauptmann, und wir möchten beede vor Hunger umfallen. Könnten wir nicht derweil ein bischen frühstükken, bis Ihro Hochehrwürden kommen?"

Sogleich rapportirte der Sergent dem *Kommandanten*. Ein Teutscher! rief er, ein Teutscher! O Gott Lob, da kann ich ihn sprechen. Man führ' ihn in die Gartenlaube. Und man brachte sie sofort in ein kleines grünes Lusthaus.

Es war mit einer gar stattlichen Reihe von grünen Marmorsäulen geschmükt, deren Knauf und Schaft vergoldet war; dahinter lief ringsum ein artiges Gitterwerk, worin sich Papagaien, Kolibris, Fliegenfänger, Pintados[18] und die allerseltensten Vögel befanden. Das herrlichste Frühstük ward in goldnen Geschirren aufgetragen. Unter der Zeit lagen die Paraguaier mitten im Felde bei der stechendsten Sonne, und assen Maiz[19] aus hölzernen Schüsseln.

Nicht lange, so trat der wohlehrwürdige Pater *Kommandant* herein. Ein bildschöner |77| junger Mann; sein Auge war feurig, Lipp' und Wange rot, die Augenbraunen wohlgewölbt, das Gesicht rund und ziemlich weis. Er hatte in seinem Betragen etwas Edelstolzes, das aber weder den Spanier noch den Jesuiten ankündigte.

Kandiden und *Kakambo'n* wurden ihre abgenommnen Waffen und ihre beiden Andalusier wieder zugestellt. *Kakambo* gab ihnen an der Thüre des Gartenhauses Hafer zu fressen, und damit ihnen kein Tukmäuserstükchen gespielt würde, verlies er sie mit keinem Auge.

Kandide küsste dem *Kommandanten* den Saum seines Roks, und darauf sezten sie sich zu Tische. So sind Sie ein Teutscher? fragte ihn der *Kommandant* in dieser Sprache. Worauf ich nicht wenig stolz bin, Ihro Wohlehrwürden, antwortete *Kandide*. Bei diesen Worten fuhren sie beide zusammen, sahen einander starr an, mit einer Bewegung, die sie nicht bergen konnten.

Der Kommandant. Und aus welcher Provinz?

Kandide. Aus' dem Rauchloche, dem Herzogthume Westphalen, und bin auf dem Rittersiz *Donnerstrunkshausen* geboren.

Kommandant. Heiliger Gott! wär's möglich!

Kandide. Welch Wunderwerk!

|78| *Kommandant.* Sollten Sie's wirklich sein?

Kandide. Es ist gar nicht möglich.

Sie fielen sich um den Hals, hingen fest an einander, konnten nicht zu Worte kommen, strömten sich in Freudenthränen aus.

Kandide erhielt die Sprache zuerst wieder: So hab' ich den Bruder der reizenden *Kunegunde* in meinen Armen! Ja er ist's, der Sohn des Herrn Barons. Es ist Junker *Polde*, der von den Bulgaren getödtet wurde! Und ist jezt Jesuit in Paraguai! Warlich, es geht wunderbar her in der Welt! O *Panglos! Panglos!* wie würdest Du Dich freuen, wenn Du nicht am Galgen hingest.

Der *Kommandant* gab seinen Negersklaven und Paraguaiern, die ihnen in bergkristallnen Bechern Wein eingeschenkt hatten, einen Wink hinauszugehn. Und nun pries er Gott und den heiligen Ignatius tausendmal und drükte *Kandiden* an seine Brust. Sie schwammen in Thränen.

Kandide. Schon so im Rausch der Freude Baron! O! viel zu früh! Das vollste Maas von Seeligkeit erwartet erst Ihrer! Ihre todtgeglaubte Schwester lebt, ist frisch und munter.

|79|

|79| |80| und fand sie nirgends. Meinen Vater, meine Mutter, mich, die Leichname von zwei Mägden und drei kleinen Buben warf man auf einen Karrn, um uns nach einer Jesuiterkapelle zu führen, die zwei Meilen von meines Vaters Schlosse lag.

Ein Jesuit besprengte uns mit Weihwasser; es war salzig wie all' der Teufel; einige Tropfen davon sprüzten mir in's Auge: der Pater merkte, daß meine Augenlieder etlichemal zukten. Er legte die Hand auf mein Herz, und fühlte es schlagen. Die geschiktesten Wundärzte verwandten ihre Kunst an mir, und binnen drei Wochen war ich wieder völlig auf den Beinen.

Ein recht hübscher Junge war ich immer, wie Ihr wisst *Kandide*; jetzt hatte ich ganz die lachende, blühende Gestalt von Gott Amor. Auch ward der ehrwürdige Pater *Krust*, der dortige Superior, mein sehr *warmer* Freund; kleidete mich ein, und sandte mich nicht lange darauf nach Rom. Der Pater General warb damals junge Teutsche Jesuiten an. Höchst ungern nemen die Paraguaischen Monarchen Spanier; Ausländer weit lieber; sie denken sie eher lenken und bändigen zu können.

Der ehrwürdige Pater General fand mich tüchtig, ein Arbeiter in diesem Weinberge des Herrn zu werden. Ich reiste mit einem Tiroler und Polen hieher. Gleich nach meiner Ankunft |81| ward ich Unterdiakonus und Lieutnant, jetzt bin ich Obrister und Priester.

Und nun, *Kandide*, las sie ankommen, die Königlichen Truppen, las sie ankommen! Wir wollen sie fegen! Ich bin Dir Manns dafür. Sie sollen derbe Schlappen bekommen und den Kirchenbann obenein. Die Vorsicht hat Dich noch zur rechten Zeit zu unserm Beistand hergesandt. Aber sag mir, guter Junge, lebt meine liebe Schwester wirklich noch? und ist sie hier in der Nähe beim Herrn Stathalter von Buenosayres? „Bei Gott! es ist keine Lüge!"

Und sie strömten von neuen in Thränen aus. Der *Baron* hing an seinem Halse, konnte gar nicht los von ihm, nannte ihn seinen Bruder, seinen Retter. O! *Kandide*, rief er, trauter *Kandide!* Zögen wir doch erst als Sieger in die Stadt ein und führten Schwester *Kunegunden* zurük. Mein einziger Wunsch! sagte *Kandide*, denn ich war Willens sie zu heuraten, und bin's auch noch. Der *Baron* ris sich los von ihm, schleuderte ihn zurük. „Übermütiger Bengel! heurathen wollt Ihr meine Schwester! Ihr sie heurathen! Ein Fräulein von zweiundsiebzig Ahnen! Verdammt über die Unverschämtheit! Und ist so kek, die Bürgerkanaile, und sagt mir die infame Sotise in's Gesicht!"

|82| *Kandide* stand da, wie *Laokoon's* Bildsäule, und sagte, wie er wieder Worte fand: Mein wohlehrwürdiger Pater, alle Ahnen auf Gottes Erdboden können hier nicht in Anschlag kommen! Ich ris Ihre Schwester aus den Armen eines Inquisitors; sie hat mir nicht wenig Verbindlichkeiten, und deshalb giebt sie mir ihre Hand ganz von freien Stükken. Magister *Panglos* hat mir immer gesagt, daß alle Menschen einander gleich sind. Daher können Sie versichert sein,

ich heurate sie.

Wollen sehn Schurke! Wollen sehn! rief der gejesuitete *Baron* von *Donnerstrunkshausen*, und gab ihm mit der flachen Klinge einen derben Hieb über's Gesicht. *Kandide* gleich heraus mit seinem Degen, und ihm denselben bis an den Heft in den Leib gejagt.

Doch wie er ihn rauchend herauszog, hub er bitterlich an zu weinen. O mein Gott! da hab' ich ihn umgebracht meinen alten Herrn, meinen Freund, meinen Schwager. Bin solch erzgutes Geschöpf, und habe nun schon drei Menschen ermordet! Und unter den dreien zwei Priester.

Kakambo, der an der Lusthausthüre Schildwacht gestanden hatte, kam hereingesprungen. Jezt müssen wir uns unsrer Haut wehren, fechten so lang' wir noch einen Finger rühren können! |83|

|83| |84| Huhn noch Hahn über des Teutschen Jesuiten Tod. Der sorgsame *Kakambo* hatte seinen Mantelsak mit Pumpernikel, Schokolat, Schinken, Knakwurst, Obst und einigen Maaßen Wein gar wohl bespikt. Sie waren schon ziemlich tief in einem wildfremden ganz ungebahnten Lande, als sie eine schöne von vielen Bächen durchschnittne Wiese vor sich liegen sahen. Hier liessen sie ihre Gäule weiden, und *Kakambo* that seinem *Herrn* den Vorschlag zu essen, und ging ihm mit gutem Beispiele vor.

Ich, Schinken essen, *Kakambo*, und habe den Sohn des Herrn Barons erschlagen; darf meine *Kunegunde* in meinem Leben nicht wiedersehn! Wozu hülf es, ein elendes Leben zu fristen, das ich fern von meiner Geliebten in Reu' und Verzweiflung zubringen mus. Und überdem, wie wird das *Journal* zu *Trevoux* mir mitspielen, wenn dasselbe es erfährt.

So sprach *Kandide* und aas dabei ein Stükchen Schinken nach dem andern, trank ein Gläschen auf's andre. Die Sonne ging unter. Unsre Verirrten hörten ein schwaches Gekreisch; es däuchte ihnen Weibergekreisch. Sie wussten nicht ob's Geschrei der Freude oder der Angst war, sprangen auf mit all' der Unruh' und Besorgtheit, die man in einem ganz fremden Lande zu haben pflegt, wenn man nur ein Espenblatt rauschen |85| oder einen starken Laut schallen hört. Wie ein Bliz kamen ein Paar Mädchen in puris naturalibus über die Wiese weggeschossen, und hinter ihnen drein zwei Affen, die sie in die Lenden bissen. Diese Dirnen erhuben jenes Gekreisch.

Kandiden jammerte der Anblik, er hatte bei den Bulgaren schiessen gelernt und hätte wohl eine Nus aus einem Haselbusch heruntterbüchsen können, ohne die Blätter zu streifen. Er schlug seine doppelte Spanische Flinte an, und erschos die beiden Affen. Gott Lob mein lieber *Kakambo*, sagte er, die armen Mädchen hab' ich aus recht grosser Gefahr gerettet. Beging ich Sünde, daß ich einen Inquisitor und einen Jesuiten tödtete, so hab' ich jezt an diesen Mädchen ein recht verdienstliches Werk gethan. Ich bin der Retter ihres Lebens. Vielleicht sind sie von vornemem Stande, und so kann uns dies Abenteuer hier im Lande viel Vortheil verschaffen.

Er verstummte aber plözlich, als er sahe, daß diese beiden Dirnen zärtlich die Affen umarmten, in Thränen über ihre Leichname schmolzen, und mit dem wehmütigsten Geschrei die Lüfte erfüllten. So viel Güte des Herzens hätt' ich den Mädchen nicht zugetraut, sagte endlich *Kandide*.

Kakambo. Sie haben wieder 'nen schönen Streich gemacht. Die Herren Paviane, die |86| sie eben niedergebüchst, sind ja die feinen Liebchen von den beiden Dirnen!

Kandide. Das ihre Liebhaber! Schäker! wie wär das möglich? Wie ist das glaublich?

Kakambo. Als wär' das wieder so was zu verwundern! Was ist das nu mehr, daß es 'n Land in der Welt giebt, wo Pavians bei den Weibern Hahn im Korbe sind. Es sind Viertelmenschen so wie ich 'n Viertelspanier.

Kandide. Ha! ich besinne mich von Magister *Panglos* gehört zu haben, daß ehemals sich dergleichen zugetragen, und daß aus dieser Vermischung die Ägipane[20] , Fau'n und Satyrn entstanden wären; daß viele grosse Männer des Alterthums sie gesehn hätten. Ich nam aber das alles für Märchen.

Kakambo. Und ist doch die helle, klare Wahrheit, wie Sie nun mit Händen greifen können! Sehn Sie, so machen's die Mädel, die niemals unter der Scheere der Mutter oder 'ner wohlehrbaren, steifen Französin gestanden haben. Da haben Sie die liebe Natur! - - |87| Bei alle dem ist mir gar schwul zu Mute. Ich fürchte, ich fürchte, die Damen werden uns 'nen gar saubern Brei einbrokken.

Kandide fand, daß sein *Kakambo* eben nicht Unrecht hatte, und machte sich samt ihm tiefer in's Land hinein. Sie lagerten sich mitten in einem Gebüsch, und aassen ihr Abendbrod; vermaledeiten den *Grosinquisitor*, den *Guvernör von Buenosayres*, und den *Baron*, und schliefen auf Moose ganz ruhig ein. Beim Erwachen merkten sie, daß sie sich nicht rühren konnten. Und das kam daher: die dortigen Einwohner, die *Langohren*, an welche die beiden Damen sie verraten, hatten sie in der Nacht mit Strikken von Bast zusammengebunden.

Ringsum standen so ein funfzig *Langohren*, ganz nakt, Pfeile, Keulen und Äxte von Kieselstein in den Händen. Einige sezten einen grossen Kessel über das Feuer, das sie anbliesen; andre schnizten Bratspiesse, und alle insgesamt schrien; 'N Jesuit! 'N Jesuit! Da wollen wir unser Mütchen kühlen! 'S soll 'n gar herrlicher Fraß sein! Wollen 'n uffressen, den Jesuiten! Wollen 'n uffressen!

Hab' ich's Ihnen nicht gesagt, lieber Herr, rief *Kakambo* kopfhängend, die Mädel würden uns 'ne gar saubre Pastete anrichten? Zuverlässig |88| werden wir gesotten oder gebraten! rief *Kandide*, wie er den Kessel und die Bratspiesse sahe. Ha! was würde Magister *Panglos* sagen, wenn er so die Natur in all' ihrer Rohigkeit sähe! Es ist alles gut gemacht; es sei drum, aber doch muß ich gestehn, es ist hart, äusserst hart, daß ich Barones *Kunegunden* verloren habe, und hier von den *Langohren* an den Spies gestekt werde.

Kakambo, der sich stets aus dem verworrensten Haufe zu haspeln wusste, sagte zum trostlosen *Kandide*: Immer getrost, Herr. Ich versteh' der Kerls ihr Rothwälsch 'n wenig. Ich will hin, und mit ihnen sprechen. Vergis ja nicht, sagte *Kandide*, ihnen auf's lebhafteste vorzustellen, daß es gräsliche Unmenschlichkeit ist, Menschen zu braten, und daß dieß wenig christlich gedacht ist.

Nicht wahr, Kinderchen, sagte *Kakambo*, Ihr denkt, Ihr wollt heut 'nen Jesuiten schmausen! Das ist recht löblich! Recht brav, wenn man so mit seinen Feinden verfährt. Schlag Deinen Nächsten todt! Das ist nach der Natur Rechtens, und das gilt allenthalben uf Gottes weitem Erdboden. Daß wir ihn nun nicht uffressen, wie's auch nach der Natur Rechtens ist; nu das kömmt daher, wir haben schon sonst lekre Gerüchte; Ihr guten Leute aber nicht, und |89| da ist's denn immer freilich besser, seine Feinde in seinem Magen zu begraben, als die Frucht seines Sieges den Raben und Krähen Preis zu geben.

Aber Kinderchen, Eure guten Freunde werdet Ihr doch nicht verzehren wollen? Ihr denkt 'nen Jesuiten an den Spies zu stekken, und 's is Eur Schutzpatron, 'n erzabgesagter Feind von Euren Feinden, die Ihr rösten wollt. Was mich anlangt, ich bin in Eurem Lande geboren, und der junge Mann da, is mein Herr, und nichts weniger als 'n Jesuit; hat vielmehr 'nen Jesuiten kapponirt, und seine Jakke angezogen, und eben darum habt Ihr Euch geirrt.

Damit Ihr nun seht, daß ich kein Windbeutel bin, so nehmt den Rok, zeigt ihn an dem ersten Gränzorte von *Los Padres*, und fragt, ob mein Herr nicht 'nen Jesuitschen Offizier kalt gemacht hat. 'S is ja nur 'n Kazensprung bis dahin, und findet Ihr, daß ich Euch belogen habe, so könnt Ihr uns ja noch immer fressen. Hab' ich Euch aber reinen Wein eingeschenkt, nu, so wisst Ihr zu gut, was Rechtens ist, als daß Ihr uns nicht begnadigen solltet.

Hat ganz recht! schrien die *Langohren*, und sie trugen zwei von den Ältesten des Landes auf, einen Wips nach dem Jesuiterlande zu machen, und sich nach der Wahrheit zu erkundigen. |90| Als Leute von Kopf richteten sie ihren Auftrag glüklich aus, und brachten gar fröhliche Mähr mit.

Die *Langohren* banden ihre Gefangnen los, erwiesen ihnen ungemein viel Höflichkeiten, sezten ihnen Mädchen und Erfrischungen vor, und begleiteten sie bis an die äussersten Grenzen, unter dem lauten Jubelgeschrei: 'H ist keen Jesuit nicht! 'S ist keen Jesuit nicht!

Sonderbar die Ursach meiner Befreiung, sagte *Kandide*. Und sonderbar dies Volk und ihre Sitten! Wie gut es war, daß ich dem Bruder der Barones *Kunegunde* den Degen bis an den Heft in den Leib gejagt hatte, sonst hätt' ich ohne alle Barmherzigkeit an den Spies gemusst. Bei alle dem, die pure, rohe Natur ist auch so übel nicht. Denn wie äusserst höflich waren nicht die Leutchen gegen mich, als sie erfuhren, ich wäre kein Jesuit; da war gar nicht mehr die Rede vom Auffressen. |91|

Siebzehntes Kapitel.
Kandide kömmt mit seinem *Bedienden* nach Eldorado. Was sie da sahen.

Wie sie über den Grenzen der *Langohren* waren, sagte *Kakambo* zu *Kandiden*; Sie sehn wohl, diese Hälfte der Erdkugel ist so wenig 'nen Pfifferling wert, wie jene. Das Gescheitste wäre, wir gingen wieder nach Europa, und das je ehr, je besser.

Kandide. Wieder nach Europa? Und wo denn hin? Nach Westphalen, da schlagen Bulgaren und Abaren todt, was lebendigen Odem hat; nach Portugall? Da werd' ich verbrannt; und bleiben wir hier, so sind wir keinen Augenblick sicher gespiest und aufgezehrt zu werden. Und doch kann ich mich nicht entschliessen, *den* Theil der Welt zu verlassen, der meine *Kunegund'* in sich schliest.

Kakambo. I wissen Sie was! so wollen wir nach Karolina gehn. Dort finden wir Engländer, die ziehn durch die ganze Welt. Helfen thun uns die gewis; 's sind gar gute Geschöpfe, und Gott wird uns auch beistehn.

|92| Nach Karolina zu kommen, war so leicht eben nicht. Nach welcher Seite sie ihre Richtung nemen mussten, wussten sie wohl so ungefähr; allein von allen Seiten her thürmten sich ihnen schrekliche Hindernisse entgegen; Gebürge, Flüsse, Abgründe, Strassenräuber und Wilde. Ihre Gäule wollten vor Strapaze umfallen, ihr Proviant war rein alle; schon einen ganzen Monat lang nährten sie sich mit Kokosfrüchten. Endlich gelangten sie an das Ufer eines kleinen Flusses, das mit Kokosbäumen besezt war. Da fanden sie wieder Nahrung ihres Lebens und ihrer Hoffnung.

Kakambo, ein so stattlicher Rathgeber wie die *Alte*, sagte zum *Kandide*: Weiter können wir nicht; haben auch schon 'nen ganz art'gen Marsch gemacht. Dort am Ufer steht 'n leeres Kanot, wollens mit Kokosnüssen anfüllen, und uns h'reinwerfen. Der Strom mag uns hinführen, wo er hin will. Er bringt uns gewis nicht hin, wo die Welt mit Brettern vernagelt ist. Mag's uns nun gut gehn oder nicht; kriegen wir doch wieder was Neues zu Gesicht. Es sei drum, sagte *Kandide*. Die Vorsicht steh' uns bei.

Sie trieben so etliche Meilen fort; bald war das Gestade blühend und lachend, bald öd' und dürr, bald niedrig, bald steil. Der Flus ward |93| immer breiter, und verlor sich in eine Kluft von schreklichen, himmelanstrebenden Felsen. Die beiden Reisenden waren so dreist, sich auch hier noch den Fluten zu überlassen. Der Flus verengte sich hier und ris sie mit fürchterlichem Getöse schnell hindurch. Nach vierundzwanzig Stunden sahen sie das Tageslicht wieder, scheiterten aber gegen die Klippen.

Eine ganze Meile weit mussten sie sich von Klippe zu Klippe fortarbeiten; endlich lag eine unermesliche Pläne vor ihnen, um die sich eine Kette unersteiglicher Gebürge schlang. Wohl gepaart herrschten Nuzen und Vergnügen auf diesen Feldern, und der Nuzen hatte immer die Mine des Angenemen. Auf allen Wegen und Stegen prangten Wagen einher, deren Bauart so ausnemend nett war, als glänzend die Materialien; bildschöne Männer und Weiber sassen darauf; grosse rote Hämmel zogen sie mit der grössten Schnelligkeit fort. An Flüchtigkeit übertrafen diese Thiere die besten Gäule aus Andalusien, Tetuan und Mequinez.

Das ist ja ein ganz andres Land, als Westphalen! rief *Kandide*. Bei dem ersten Dorfe, das sie antrafen, klimmte er mit *Kakambo'n* vom Felsen herunter. Wie sie in den Flekken hereintraten, fanden sie einige Bauerjungen in zerlumpten brokatnen Jakken, Trefstein |94| spielen. Sie konnten sich gar nicht satt an ihnen schauen. Ihre Steine waren ziemlich breit, rund, sahen gelb rot und grün aus, und hatten ausnemenden Glanz. Unsre Reisende kamen auf den Einfall, einige davon aufzuheben, und siehe! es waren Smaragden, Rubinen und Gold. Der kleinste von diesen Edelsteinen würde dem Thron des Grosmogols zur grössten Zierde gedient haben. Vermutlich müssen das die Königlichen Prinzen sein, die hier Trefstein spielen, sagte *Kakambo*. Der Dorfschulmeister erschien in diesem Augenblick, um sie in die Schule zu treiben. Ha! ihr Instruktor! rief *Kandide*.

Sogleich trollten sich die kleinen Bettelbuben vom Spiel' und liessen ihre Steine und all' ihr Spielzeug auf der Erde liegen. *Kandide* hob's auf, rannte dem Meister *Donat* nach, überreichte es ihm in der demütigsten Stellung, und gab ihm pantomimisch zu verstehn: Ihro Königlichen Hoheiten hätten ihr Gold und Kleinodien vergessen. Lächelnd warf der Schulmonarch beides auf die Erde, sah' einen Augenblick *Kandiden* mit grossen weit ofnen Augen und Munde an, und wanderte seines Weges.

Hurtig hoben unsre Herren aus der andern Welt das Gold, die Smaragden und Rubine wieder auf. Wo sind wir? rief *Kandide*. Die Königssöhne hier müssen recht philosophisch |95| erzogen werden, da sie Gold und Edelgesteine so frühzeitig verachten lernen. *Kakambo* stuzte diesmal so sehr wie sein *Herr*. Endlich kamen sie an das erste Haus im Dorfe, völlig gebaut wie ein Europäischer Pallast. Ein buntes Gewühl von Menschen war vor der Thüre, inwendig ein noch bunters. Die melodischte Musik scholl ihnen entgegen, der lieblichste Geruch duftete aus der Küche her. Kakambo, der vorangegangen war, hörte das man darin Peruisch sprach; das war seine Muttersprache. *Kakambo* war, wie die Welt weis, aus Tukuman; ein Dorf, wo man keine andre Sprache kennt. Ich will Ihr Dolmetscher sein, sagte er zum *Kandide*. Lassen Sie uns h'reingehn. 'S is 'n Wirtshaus.

Zwei junge Gesellen und zwei junge Dirnen, Aufwärter im Gasthofe, mit Goldstük angethan und das Haar mit Band aufgeflochten, nötigten sie sogleich an die Wirtstafel. Man trug vier Potagen auf; jede war mit zwei Papageien garnirt, einem gesottnen Kuntur von zweihundert Pfund und zwei gebratnen Affen von treflichem Wolgeschmak. Man sezte dreihundert Kolibris in Einer Schüssel auf, und sechshundert Fliegenfänger in einer andern, und die köstlichsten Ragouts und Pasteten und das niedlichste Gebakne. Das alles lag auf Schüsseln, von einer Art Bergkristall |96| gemacht. Die Aufwärter und Aufwärterinnen schenkten vielerlei Getränke ein, alle aus Zukkerrohr verfertigt.

Die meisten Gäste waren Kaufleute und Kärner, Männer von ungemein viel Lebensart und Weltton. Die Fragen, die sie an *Kakambo'n* thaten, verrieten insgesamt den vorsichtigen, bescheidnen und verständigen Mann; über alles was er wissen wollte, gaben sie ihm die hinlänglichste Auskunft.

Als sie abgegessen hatten, warf *Kakambo* und *Kandide* zwei von den aufgehobnen Goldstükken hin, womit sie ihre Zeche recht reichlich zu bezahlen glaubten.

Die Hände gestemt in keuchende Seiten

konnten der *Wirt* und die *Wirtin* vor Lachen lange nicht zu sich kommen. Sie sind Fremde, merken wir wohl, sagte der *Wirt* endlich, und Fremde haben wir noch gar nicht zu Gesichte gekrigt. Müssen's uns ja nicht übel nemen, daß wir beide vorhin so aufpruhsteten, mein Weib und ich. 'S kam uns gar zu schnurrig vor, daß Sie uns mit Feldsteinen bezahlen wollten. Vermutlich haben Sie keen solch Geld, als bei uns zu Lande gäng' und gebe ist. Thut aber weiter nix, können deshalb doch immer Zehrung bekommen, und Dach und Fach noch oben ein. Bei uns sind die Wirtshäuser angelegt, Handel und |97| Wandel in Flor zu bringen, und wir Wirte werden vom Könige bezahlt. Schmalhans ist freilich heut' Ihr Küchenmeister gewesen, aber lassen Sie's man gut sin, wo Sie nun hinkommen werden, wird man Ihnen recht nach Standesgebühr und Würden uffschüsseln. Unser Dörfchen ist grade das eenzge im ganzen Reiche, wo die Einwohner nicht viel in die Milch zu brokken ha'n.

Alles dies verdolmetschte *Kakambo* Kandiden, der darüber nicht weniger in Verwirrung geriet, sich daraus so wenig zu finden wusste, wie jener. Was mus dies für ein Land sein, sagte *Kandide*, das dem übrigen Theil des Erdbodens unbekannt ist, und wo man so ganz

— — Das grosse volle Herz
Von Mutterlieb Natur

sieht.

Vermutlich ist's das Land, wo alles gut geht. Denn ein solches Land mus es doch platterdings geben. Und was auch Magister *Panglos* sagte, so hab' ich doch oft bemerkt, daß es in Westphalen ziemlich schlecht bestellt war. |98|

Achtzehntes Kapitel.

Was sie in *Eldorado* sahen.

Der neugierige *Kakambo* legte dem Wirt so viel Fragen vor, daß ihm dieser keine Auskunft mehr geben konnte. Dum bin ich nun herzlich, aber es schad't mir nichts, sagte der *Wirt*. Wissen Sie was, wir haben 'nen alten Herrn hier, vor diesem war er bei Hofe; 'nen hochgestudiertern Mann giebt's im ganzen Lande nicht. Geben Sie dem halbweg ein gut Wort, so kramt er Ihnen all' seine Gelehrsamkeit aus. 'S is ne rechte gute ehrliche Haut.

Sogleich führte er *Kakambo'n* zu dem *Alten*. *Kandide*, der jezt die zweite Rolle spielen musste, begleitete seinen *Bedienten*.

Das Haus des Gelehrten sah ganz schlecht und recht aus. Die Thür bestand aus kahlem Silber, die Vertäflung der Zimmer aus lumpichtem Golde, war aber so geschmakvoll gearbeitet, daß sie von der reichsten Vertäflung nicht verdunkelt wurde. Das Vorzimmer war freilich nur mit Rubinen und Smaragden ausgelegt; allein alles daselbst, so schiklich geordnet, daß man diese bäurische Einfalt bald darüber vergas.

|99| Der *Greis* nötigte die beiden Fremden auf ein mit Kolibrisdunen ausgestopftes Sopha, und lies ihnen in diamantenen Geschirren allerhand Likörs vorsetzen; hierauf befriedigte er ihre Neugier folgendermassen:

Ich bin hundertundzweiundsiebzig Jahr alt, und habe von meinem Vater, dem Königlichen Stallmeister die erstaunlichen Meutereien gehört, die in Peru vorgefallen sind, und wovon er Augenzeuge gewesen. Das Reich, worin wir uns befinden, ist der Stammsiz der Inkas. Um einen andern Welttheil zu unterjochen, verliessen sie ihn höchst unweislich, und wurden von den Spaniern ganz aufgerieben.

Die Fürsten von ihrem Geblüt, die in ihrem Vaterlande blieben, waren weiser; sie liessen die Verordnung ergehn, daß kein Einwohner je unser kleines Reich verlassen sollte: ein jedweder hat sich darnach gefügt, und eben darum besizen wir unsre Unschuld und Glükseligkeit noch völlig. Die Spanier haben von diesem Lande einen dunkeln Begrif gehabt und es *Eldorado* genannt, und ein Engländer, der Ritter *Raleigh*, hatt' es, vor hundert Jahren ziemlich nah' im Wurf; dennoch sind die uns umringenden unersteiglichen Felsen, und unzugangbaren Abgründe eine Brustwehr gegen die Raubgier der Europäischen Nationen gewesen, die – was uns unbegreiflich ist – |100| auf unsre Kieselsteine und auf unsern Kot eine ganz ausserordentliche Begier haben, und im Stande wären, uns alle umzubringen, um nur des Bettels habhaft zu werden.

Ihre Unterredung dauerte lange. Sie betraf die Regierungsform, die Sitten, die Weiber, die öffentlichen Schauspiele, die Künste. Endlich ließ *Kandide*, dessen Stekkenpferd Metaphysik war, sich durch *Kakambo'n* erkundigen; ob sie hier zu Lande Religion hätten.

Und daran könt Ihr noch zweifeln? sagte der *Greis*, und eine feine Röte bezog seine Wange. So haltet Ihr uns für Undankbare? Kakambo fragte ganz demüthiglich, was sie für eine Religion hätten. Sollt' es denn mehr geben können, als eine Religion? entgegnete der *Greis*, und seine Wange färbte sich von neuem. Ich denke, wir haben *die* Religion, welche die ganze Welt hat; wir beten Gott an vom Morgen bis zum Abend. Sie beten nur Einen Gott an? sagte *Kakambo*, dessen Amt es war, *Kandide's* Zweifel zu verdolmetschen. Als wenn es deren zwei, drei oder viere gäbe! erwiederte der *Alte*. Warlich! Ihr Leute vom andern Welttheil fragt manchmal ganz sonderbar.

Kandide, des Erkundigens noch nicht überdrüssig, fragte durch sein Sprachrohr, wie ihre |101| Gebete beschaffen wären. Von Gebeten wissen wir nichts, antwortete der gute und ehrwürdige *Weise*. Wozu sollen wir Gebete zu Gott senden? Er gibt uns ja alles, was zu unsers Leibes Nahrung und Notdurft gehört. Dankopfer bringen wir ihm aber unaufhörlich.

Kandide war neugierig ihre Priester kennen zu lernen, und erkundigte sich, wo sie wären. Priester, antwortete der gute *Greis* lächelnd, ist jedermann bei uns. Der König, und jeder Hausvater singt Gott jeden Morgen sein Loblied in Begleitung von sechstausend Geigern und Pfeifern. „So habt Ihr also keine Mönche, die Lehr' und Trost ertheilen, Gekrett' und Hezereien anfangen, das Regimentsruder ergreifen, und Leute verbrennen lassen, die nicht ihrer Meinung sind." Thoren wären wir dann, sagte der *Greis*. Wir sind insgesamt Einer Meinung zugethan, und verstehn gar nicht, was Ihr mit Euren Mönchen sagen wollt.

Kandiden sezten diese Reden in die äusserste, freudigste Verwunderung, und er sagte bei sich: Ha! ein ganz ander Ding als unser Westphalen, und unser Donnerstrunkshausen! Hätte Freund *Panglos* Eldorado gesehn, er würde gewis nicht behauptet haben, es gäbe nichts vortreflichers auf Gottes Erdboden, als |102| jenen Rittersiz. Reisen mus man, oder man kömmt hinter nichts. Das ist ausgemacht!

Nach dieser Unterredung lies der gute *Greis* sechs Hämmel an seinen Wagen spannen, und gab den beiden Reisenden zwölfe von seinen Bedienten mit, um sie nach Hofe zu bringen. „Mein Alter, hoff' ich, soll Ihnen hinlängliche Entschuldigung sein, daß ich Sie nicht begleite, meine Herren. Der König wird Sie gewis so aufnehmen, daß Sie nicht unzufrieden sein werden, und sollt' Ihnen ja ein oder der andre Brauch zuwider sein, so werden Sie's damit entschuldigen: ländlich, sittlich."

Wetterschnell flogen die sechs Hämmel mit *Kandiden* und *Kakambo'n* davon. In weniger als vier Stunden befanden sie sich vor dem Pallast des Königs, der an dem einen Ende der Hauptstadt lag. Das Portal war zweihundertundzwanzig Fus hoch, und hundert breit. Zu beschreiben, woraus es eigentlich bestanden, ist platt unmöglich; daß es von unendlich kostbarerer Materie mus gewesen sein, als jener Bettel von Kieselsteinen und Sand, den wir Gold und Edelgesteine nennen, versteht sich von selbst.

Zwanzig schöne Dirnen von der Leibwacht empfingen sie beim Aussteigen, brachten sie in's Bad, und legten ihnen Rökke an aus Kolibrisdunen gewebt. Hernach führten die Kronbedienten |103| und Kronbedientinnen sie – wie's Sitt' im Lande war – durch zwei Reihen von Geigern und Pfeiffern nach dem Königlichen Gemache; jegliche Reihe bestand aus tausend Mann.

Unfern dem Königlichen Hörsaal fragte *Kakambo* einen von den obersten Kronbedienten, was hier Etikette sei, ob man beim Eintritt in's Zimmer sich auf die Knie oder auf den Bauch werfen, die Hände auf den Kopf oder auf den Hintern legen, oder den Staub vom Fusboden lekken müsste, oder wie man sich sonst dabei näme. Man umarmt den König, und küsst ihn auf beide Bakken, antwortete der Oberkämmerer. *Kandide* und *Kakambo* fielen Ihro Majestät um den Hals, wurden mit unbeschreiblicher Huld empfangen, und auf's freundschaftlichste zum Supee gebeten.

Eh' sie zur Tafel gingen, führte man sie in der Stadt herum. Sie fanden die Märkte mit einer Menge Säulen und mit Springbrunnen geschmükt. Einige davon warfen weiter nichts aus als schlecht und rechts Quellwasser, andre aber Rosenwasser, noch andere Likörs von Zukkerrohr. Die Bekken, worin die Wasserstrahlen in Einem fort fielen, waren von weitem Umfang' und mit einer Art Edelgesteinen ausgelegt, die wie Zimmet und Nelke dufteten. Alle öffentlichen Gebäude reichten bis in die Wolken.

|104| *Kandide* erkundigte sich nach dem höchsten Tribunale, dem Parlamente. Das gab' es hier gar nicht, antwortete man ihm. Hier wüsste man nichts von Prozessen. „Und Gefängnisse?" – „Sind hier auch nicht Brauch."

Nichts aber war *Kandiden* überraschender, nichts ihm ergezender, als die Akademie der Wissenschaften. Er fand darin eine Gallerie von zweitausend Schritte lang, mit lauter physikalischen Instrumenten angefüllt.

Den ganzen Nachmittag waren sie herumgelaufen und hatten beinahe den tausendsten Theil der Stadt in Augenschein genommen; jezt führte man sie wieder auf's Schlos zurük. *Kandide* und sein Bedienter, *Kakambo*, mussten sich zwischen Ihro Majestät und vielen Damen niederlassen.

Das war ein Gastmal, wie man noch nie gesehn hatte. Nicht blos Weide für den Gaumen, sondern auch für den Geist! So reiche Adern Wizes und guter Laune hatten sich wohl noch nie bei einem Supee ergossen, als hier bei Ihro Majestät. *Kakambo* verdolmetschte *Kandiden* jeden launichten Einfall des *Königs*, und – was diesen nicht wenig Wunder nahm – er blieb, troz der Übersezung, noch immer launichter Einfall.

|105| In diesem Lande der Gastfreiheit hatten sie nun einen Monat lang gelebt, und *Kandide* hatte tagtäglich zu *Kakambo'n* gesagt: Freilich kann man meinen Geburtsort Donnerstrunkshausen mit diesem Lande gar nicht in Vergleich stellen, aber gleichwohl find' ich keine Barones *Gundchen* hier, und Deine Amasia ist auch gewis in Europa. Bleiben wir hier, so sind wir nicht einen Gran mehr als die übrigen Einwohner. Gehn wir aber wieder in unser Land und nemen zur zwölf Hämmel mit, mit Eldoradoschen Kieselsteinen beladen, so sind wir reicher als alle Könige auf Erden, dürfen keine Inquisition mehr fürchten, und können gar leicht Barones *Gundchen* wiederbekommen.

Der Vorschlag gefiel *Kakambo'n* nicht übel. Reisen und rennen, sich bei seinen Landsleuten geltend machen, und was man auswärts gesehn und gehört hat, ihnen ewig vorprunken, das thut der Mensch doch gar zu gern. Von *dem* Schlage waren auch unsre beiden Reisenden. Sie waren zu vollglüklich; um *der* Lage nicht überdrüssig zu sein, gingen sie hin und baten den *König* um ihren Abschied.

Kein gescheiter Einfall, Kinder! sagte der *König*. Ich weiß wohl, daß mein Land nicht so was Besonders ist; indes sizt man nur halbweg gut, mus man das Rükken lassen, pflegt |106| man bei uns zu sagen. Ich kann freilich keinen Ausländer wider seinen Willen in meinem Reiche behalten; das wäre Tirannei, und die entspricht weder unsern

Sitten noch Gesezen. Der Mensch ist ein freies Geschöpf. Reist, wenn Ihr wollt, aber das müsst Ihr wissen, es wird Euch ziemlich schwer fallen, aus meinem Reiche zu kommen.

Gegen den reissenden Strom, der durch die Felskluft schiest, und den Ihr durch ein wahres Wunderwerk passiert seid, an zu fahren, ist platt unmöglich. Die Grenzgebirge meines Reichs sind zehntausend Fus hoch und thurmgrade; jeglicher Berg beträgt im Umfange mehr als zehn Meilen: jenseits sind tiefe Abgründe. Indes, da Ihr auf Eurer Abreise besteht, will ich meinem Oberbaudirektor anbefehlen, eine Maschine verfertigen zu lassen, die Eure Fahrt erleichtern soll. Geleitsmänner kann ich Euch nicht geben, wenn Ihr erst über die Gebürge seid! Denn meine Unterthanen haben feierlich angelobt, nie ihre Hütt' und Heerd zu verlassen, und sind zu weise, dagegen zu handeln. Sonst könnt Ihr fordern, was Ihr wollt.

Dürfen wir das? sagte *Kakambo*. Nu wohl, Ihro Majestät, so erbitten wir uns von Ihnen eenige Hämmel mit Lebensmitteln, Kieselsteinen und Kot beladen. Sonderbare Geschöpfe Ihr Europäer! ich begreife Euch gar |107| nicht! sagte der *König* mit lachendem Munde. Wie könnt Ihr auf unsern gelben Kot so erpicht sein. Doch nemt dessen soviel Ihr wollt, und wohl bekomm's den Herren.

Sogleich gab er seinen Ingeniörs Befel, den Ris zu einer Winde zu liefern, womit man diese zwei Männer aus dem Königreiche hinauswinden könnte. Dreitausend gute Mechaniker arbeiteten nach diesem Ris, und binnen vierzehn Tagen war die Maschine fix und fertig. Sie kam nach dortigem Gelde nicht höher, als zwanzig Millionen Pfund Sterling.

Man setzte *Kandiden* und *Kakambo'n* in diese Maschine. Es befanden sich darauf zwei grosse rote Hämmel wohl gezäumt und gesattelt, um sich ihrer zum reiten zu bedienen, wenn sie über die Gebirge wären, zwanzig Pakhämmel waren mit Lebensmitteln beladen, dreissig trugen die grössten Seltenheiten des Landes und funfzig Gold, Edelgesteine und Diamanten. Der *König* nam von den beiden Vagabunden den zärtlichsten Abschied.

Ihr Auszug und die erfindungsreiche Art, wie sie mit ihren Hämmeln empor gelüpft wurden, machte wirklich ein sehenswürdiges Schauspiel. Als sie völlig in Sicherheit waren, namen die Mechaniker von ihnen Abschied.

|108|

|108| |109| unter. Einige Tage darauf fielen zwei andre Hämmel vor Strapaze um; sieben oder achte verhungerten eine Zeitlang nachher in einer Wüste; noch andre stürzten in der Folge die Felsen hinab, kurz, nachdem sie hundert Tage gewandert hatten, waren ihre Hämmel bis auf zwei geschmolzen.

„Nichts vergänglicher hienieden, Freund, wie Du siehst, als Reichthümer, und nichts dauernder als Tugend, und die wonneseelige Hofnung, Baroness *Kunegunden* wiederzusehn!" Wohl wahr! wohl wahr! sagte *Kakambo*, indes haben wir noch zwei Hämmel mit mehr Schäzen beladen, als 'n König von Spanien sein Lebstage krigen wird, und ich sehe von weitem 'ne Stadt, die mir wie Surinam vorkömmt. Ist dem so, so haben all' unsre Leiden 'n Ende, und von nun an wird alles anfangen, uns zu grünen und zu blühen.

Unfern der Stadt fanden sie einen Neger auf der Erde liegen, der nur seine halbe Kleidung anhatte, d. h. Eine blauleinwande Hose; das linke Bein und die rechte Hand fehlte dem armen Schelm. Mein Gott! rief ihm *Kandide* auf Holländisch zu, Freund, was machst du hier in dem entsezlichen Zustande? „Ich warte uf meinen Herrn, den Herrn van der Dendur, den grossen Kauf- und Handels-Herrn." Hat der |110| Herr van der Dendur Dich so verstümmelt? frug *Kandide*.

„Wohl, lieber Herr. Das ist nun schon enmal so eingeführt. Alle Jahr krigen wir zwei Paar Leinwandhosen, und weiter auch kein Flittchen, uns zu bedekken. Huscht mal die Zukkermühle, worin wir arbeiten müssen, uns einen Finger weg; schwap! schlagen sie uns die Hand ab, und wollen wir davonlaufen, hakken sie uns das Been weg. Mir ist das beides gearrivirt. – Sehn Sie, um *den* Preis krigen Sie in Europa den Zukker zu essen! Und doch sagte meine Mutter zu mir, wie sie mich für zehn Albertusthaler auf der Küste von Guinea verkaufte: Liebes Herzenskind, trauter *Kapito*, preis' und danke unsern Fetischen, und bete sie immer an; sie werden Dir ein langes, glükliches Leben schenken. Du hast die Ehre, ein Slave von unsern Herren, den Weissen zu werden, und machst dadurch Vater und Mutter glüklich."

„Ob sies geworden sind, wees ich nu nicht; daß ich's aber nicht geworden bin, das wees der liebe Gott im Himmel! Hund und Aff' und Papagei hat tausendmal weniger auszustehn als ich. Ich werde schuriegelt, h'runtergerakkert wie all' nichts guts. Die Holländischen Fetischirs, die mich bekehrt haben, schwazen |111| uns Sonntag vor Sonntag vor: wir wären alle Adamskinder, Weiss' und Schwarze. Ich kan's ihnen nu nicht nachrechnen; wenn sie abers keene Lüge sagen, na so sind wir alle Geschwisterkinder. Und alsdann müssen Sie mir einräumen, daß man unmöglich seine Anverwandten hundischer traktiren kann als uns."

O *Panglos*! auf diese Greuelthaten bist du nie gefallen! rief *Kandide*. Nicht anders, ich mus zulezt Deinen Lehrsaz fahren lassen! Was für 'nen Lehrsaz? sagte *Kakambo*. O! den rasendsten von der Welt! sagte *Kandide*. Der Mann behauptete, wenn alle Stürme des Unglücks über ihn zusammenschlugen: diese Welt sei doch die beste!

Voll Mitleids verweilte *Kandiden's* Blik auf dem unglüklichen Negersklaven, und er vergos Thränen. Mit Zähren auf den Bakken und im Auge gieng er nach Surinam hinein.

Vor allen Dingen erkundigten sie sich, ob kein Schif im Hafen läge, das man nach Buenosayres senden könnte. Der Mann, an den sie sich gewandt hatten, war grade ein Spanischer Schifspatron. Er erbot sich, es für ein Billiges zu thun, und beschied sie in ein Wirtshaus, um dort weitre Abrede zu nemen. *Kandide* fand sich samt dem treuen *Kakambo* und seinen zwei Hämmeln daselbst ein.

|112| *Kandide*, dem das Herz immer auf der Zunge sas, erzählte dem Spanier all' seine Abenteuer, und plazte auch mit seinem Vorhaben heraus, Barones *Gundchen* zu entführen. Da werd' ich kein Narr sein, und Sie nach Buenosayres bringen, sagte der Schifspatron. Ich müsste sowohl an den hellen lichten Galgen, wie Sie. Die schöne *Kunegunde* ist Favoritmätresse von Ihro Exzellenz, dem Herrn Gouvernör.

Das war ein Donnerstral, der *Kandiden* ganz zu Boden schmetterte. Er lag lange da, und weinte sich aus, endlich sprang er auf, und führte *Kakambon* in ein Seitenkabinet. Hör', lieber Freund, sagte er: Du hast sowohl wie ich, fünf bis sechs Millionen Diamanten in der Tasche. Der gescheitste Rat nun ist der: Du gehst damit nach Buenosayres und kaufst Barones *Kunegunden* los. Das wird dir Pfifkopf nicht schwer fallen. Macht Don *Fernando* Umstände, so gib ihm eine Million, will er noch nicht, gib ihm zwei. Fallen können Dir gar nicht gelegt werden, denn Du hast keinen Inquisitor umgebracht. Ich segle indes nach Venedig, und erwarte Dich daselbst. Dort kann ich sicher sein, vor Bulgaren und Abaren, vor Juden und Inquisitoren; es ist ein freier Staat.

|113| *Kakambo* fand das sehr gut ausgedacht, es zerschnitt aber sein Herz, sich von einem so guten Herrn trennen zu müssen, der sein Busenfreund geworden war; indes siegte der angeneme Gedanke ihm nüzlich sein zu können, über den Schmerz, von ihm zu scheiden. Mit heissen Thränengüssen umarmten sie sich; *Kandide* knüpfte ihm fest ein, die gute *Alte* ja nicht zu vergessen, und *Kakambo* reiste noch selbiges Tages fort. Es war ein rechter guter ehrlicher Schlag, der *Kakambo*!

Kandide blieb noch eine Zeitlang in Surinam, und wartete, bis ein andrer Schifspatron ihn und den kleinen Überrest seiner Hämmel nach Italien führen wollte; er nam Bedienten an und kaufte alle Bedürfnisse zu einer so langen Reise ein. Endlich lies sich der Herr eines ansehnlichen Gefässees bei ihm melden. Es war myn Heer *van der Dendur*.

Wie viel verlangen Sie, mich, meine Leute, mein Reisegepäk, und die beiden Hämmel recta nach Venedig zu schaffen? sagte *Kandide*. Der Schifspatron forderte zehntausend Piaster. *Kandide* schlug gleich ein.

Hoho! sagte Schlaukopf *van der Dendur* im Weggehn zu sich selbst: toppt gleich zu: Dem Ausländer ist das so gleichviel, zehntausend Piaster hinzugeben? Der mus gewaltig viel vor |114| den Daumen zu schieben haben. Einen Augenblik nachher kam er wieder zurük, und versicherte, unter zwanzigtausend Piaster könnt' er ihn nicht mitnemen. Nun gut, das Geld sollen Sie haben, sagte *Kandide*.

Der Daus! murmelte der Kaufmann in den Bart, dem sind zwanzigtausend Piasters[21] so'n Pappenstiel wie zehn. Hm! hm! Und kehrte wieder um. und schwur Stein und Bein, daß er ihn nicht nach Venedig schaffen könnte, wenn er ihm nicht wenigstens dreissigtausend Piaster gäbe. I, die sollen Sie haben, sagte *Kandide*. Bliz! auch die! Fallen ihm die dreissigtausend Piaster eben so aus dem Ärmel! sagte der *Holländer*. Ohne Zweifel müssen die beiden Hämmel unermesliche Schäze haben. Will ihm vor der Hand nichts weiter abfordern, mir die dreissigtausend Piaster gleich bezahlen lassen, das übrige wird sich geben, wie's Griechische.

Kandide verkaufte zwei kleine Diamanten, davon der schlechteste mehr betrug, als des Schiffers ganze Forderung. Er bezahlte ihm voraus; seine beiden Hämmel wurden eingeschift; er sezte |115| sich auf ein klein Fahrzeug, um das Schif in der Rhede zu erreichen. Der Patron ersah seine Zeit, spannte die Segel, lichtete die Anker, und unter dem günstigsten Winde stach er flott in See.

Kandide ganz ausser sich und starr vor Verwundrung verlor ihn bald aus den Augen. Ha! schrie er endlich, das Stükchen schmekt völlig nach der alten Welt! In ein Meer von Schmerz versenkt, nahte er sich dem Ufer. War ihm seine Betrübnis zu verdenken? Was er einbüsste, das hätte das Glük von zwanzig Monarchen gemacht.

Er eilte zum Holländschen Richter, pochte ziemlich stark an, brauste herein – denn er war noch in der ersten Gährung – erzählte sein Abenteuer, und in der Wärme des Erzählens wird er ein wenig lauter als sich's ziemte. Für all' das Gebuller erlegen Sie sogleich zehntausend Piaster! diktirte ihm der Richter! Hierauf hört' er ihn geduldig aus, versprach die Sache vorzunemen, sobald der Kaufmann wieder da sein würde, und lies sich noch zehntausend Piaster Gerichtsgebühren zahlen.

Kandiden hatte zwar schon unendlich härters, niederdrükenders Ungemach betroffen, dennoch aber erlag er unter diesem. Die Kaltblütigkeit des Richters und des Schifspatrons, der ihn so schreklich geprellt hatte, machte all' seine |116| Galle rege und stürzte ihn in die düsterste Schwermut. Jezt erblikte er die Argherzigkeit der Menschen in ihrer ganzen scheuslichen Gestalt; alles zeigte sich ihm in dunklem, höllenschwarzem Lichte.

Endlich erfuhr er, daß ein Französisches Schif im Begrif stünde, nach Bordeaux zu segeln. Da er keine Hämmel mit Diamanten bepakt mehr mitzunemen hatte, mietete er sich ein wohlfeiles Kämmerchen im Schif, und lies in der Stadt bekannt machen, wenn sich ein braver Mann fände, der mit wollte, so sollt' er nicht für Reisekosten und Zehrung zu sorgen haben, und überdies zweitausend Piaster bekommen; dieser Mann aber müsste seines Zustandes äusserst überdrüssig und der allerunglüklichste im ganzen Lande sein.

Es kam der Prätendenten eine solche Menge, daß Eine Flotte nicht Raum für sie gehabt hätte. *Kandide* suchte die Angesehnsten darunter aus; das waren ein Stük zwanzig, bei denen unter den Falten und Runzeln des Elends Züge von Geselligkeit hervorblikten, und die insgesamt den Vorzug zu verdienen behaupteten.

Sie mussten sich alle in seinem Wirtshause einfinden, und mit ihm Abendbrod nemen. Jeder hatte ihm zuschwören müssen, seinen Lebenslauf treu und sonder Gefährde zu erzählen, und er hatte dagegen versprochen, denjenigen von |117| ihnen zu wählen, der ihm der betauernswürdigste, der mit grösstem Fug und Recht über seinen Zustand misvergnügteste scheinen würde; die übrigen aber sollten eine Erkentlichkeit erhalten.

Die Sizung dauerte bis vier Uhr Morgens. Bei jeder Erzählung fiel *Kandiden* ein, was die *Alte* ihm auf der Fahrt nach Buenosayres gesagt hatte, und ihre Wette, daß sich niemand auf dem Schiffe befände, dem nicht schon das grösste Ungemach zugestossen wäre; auch *Panglos* fiel ihm ein. Da säss' er in der Klemme, der gute *Panglos*, wenn er jezt sein System verfechten wollte. Hätt' ich ihn doch nur hier. Warlich! wenn's irgendwo gut geht, so ist's einzig und allein in Eldorado.

Seine Wahl fiel endlich auf einen armen Gelehrten, der zehn Jahr für die Amsterdammer Buchhändler gearbeitet hatte. Er glaubte, es könnte auf der Welt unmöglich ein Metje geben, dessen man eher überdrüssig würde.

Dieser Gelehrte, sonst ein herzensguter Mann, war von seiner Frau bestohlen, von seinem Sohne durchgeprügelt, und von seiner Tochter um eines jungen Portugiesen willen verlassen worden. Eines Ämtchens, das sein einziger Wagen und Pflug war, hatte man ihn eben entsezt, und die Surinamischen Prediger verfolgten ihn mit echt |118|

|118| |119| Indes hatte *Kandide* einen grossen Vortheil über *Martin*, er hofte noch immer Barones *Gundchen* wieder zu sehn, und *Martin* hatte gar keine Hofnung mehr; überdies besas jener Gold und Diamanten, und ob er gleich hundert dikke rote Hämmel mit den grössten Schäzen der Erde beladen, verloren hatte, ob ihm gleich des Holländischen Schifspatrons Prellerei noch in's Herz schnitt, so schwankt' er dennoch, wenn er an den Inhalt seiner Taschen dachte, oder von seinem *Gundchen* sprach und zumahl, wenn er die Gläser klingen hörte, nach *Panglosens* System hin.

Aber was denken Sie von alle dem, lieber *Martin*? sagte er. Was halten Sie vom physischen und moralischen Übel?

Martin. Lieber *Kandide*, die Pastoren dort klagten mich als Sozinianer an, aber die rechte Wahrheit zu sagen, ich bin ein Manichäer.

Kandide. Haben Sie mich nicht zum Besten. Es giebt ja keine Manichäer mehr in der Welt.

Martin. So bin ich der Einzige, ich kann nun einmal nicht anders denken.

Kandide. So mus der Teufel in Sie gefahren sein Herr.

|120| *Martin*. Leicht möglich! so wie der hienieden allenthalben herumspuhkt und sein Wesen hat, kann er's auch in meinem Leibe.

Ich mus Ihnen gestehn, wenn ich so einen Blik auf die Erdkugel, oder vielmehr auf dies winzige Erdkügelchen werfe, daß mir der Gedanke nicht aus dem Kopf will: Gott habe einem bösen Geiste die Macht eingeräumt, eignes Beliebens damit zu schalten und zu gebaren; Eldorado nem' ich hiervon aus.

Ich habe keine Stadt gesehn, die nicht nach dem Untergang ihrer Nachbarin dürstete, keine Familie, die nicht nach der Ausrottung einer andern lechzte; ich seh' allenthalben, wie die Schwachen die Mächtigen verabscheuen, vor welchen sie kriechen müssen, und wie diese jenen als einer Heerde begegnen, der Woll' und Fleisch feil ist; sehe wie eine Million eingeregimenteter Schnapphähne Europa von einem Winkel zum andern durchströmt, mordet und strassenraubt, und das alles mit der schärfsten Mannszucht, blos um ein Stükchen Brod zu verdienen, das er auf keine ehrenvollere Art zu verdienen weis. Und in Städten, die im völligsten Genus des Friedens zu sein scheinen, worin Künst' und Wissenschaften blühen, martert, reibt die Einwohner Eifersucht, Gram und Kummer weit mehr auf, als alle Drangsale und Schreknisse der Hungersnot |121| und Verzweiflung in einer belagerten Stadt es thun können. Herzenskummer ist noch härter, marternder, als das allgemeine Elend. Mit Einem Wort, ich habe so viel gesehn, so viel erlitten, daß ich Manichäer geworden bin.

Kandide. Doch giebt's noch viel Gutes in der Welt.

Martin. Kann sein, bis dato ist mir's aber noch nicht zu Gesicht gekommen.

In dem Gekrette, das sich hierüber anspann, waren sie noch nicht weit, als sie einige Kanonenschüsse hörten. Jeden Augenblik wurden die Schüsse heftiger. Sie namen ihre Sehröhre, und wurden in einer Entfernung von ungefähr drei Meilen zwei Schiffe gewahr, die auf einander losfeuerten. Der Wind führte sie alle beide dem Französischen Schiffe so nahe, daß man das Treffen ganz gemächlich ansehn konnte. Endlich gab das eine Schif dem andern so die volle Lage, daß es gleich untersank. *Kandide* und *Martin* erblikten auf dem Verdek des untergehenden Schifs hundert Menschen, die unter erbärmlichem Zetergeschrei die Hände gen Himmel emporhuben, und im Hui war alles verschlungen.

Nun sehn Sie, so handelt der Mensch gegen seinen Bruder! sagte *Martin*. Wirklich dies Verfahren hat was Teuflisches! versetzte *Kandide*. Bei diesen Worten ward er etwas |122| glänzendrotes gewahr, das auf sein Schif zugeschwommen kam. Man machte die Schaluppe los, um zu sehn, was es sei. Es war einer von *Kandiden's* Hämmeln. Ein Fund, der ihn mehr freute, als ihn der Verlust von hundert, wohlbepakt mit Eldoradoschen Diamanten geschmerzt hatte.

Der Französische Hauptmann hatte gar bald die Bemerkung gemacht, daß der Hauptmann des niederbohrenden Schifs ein Spanier war, und der Befehlshaber des Niedergebohrten ein Holländischer Seeräuber; eben der, der *Kandiden* bestohlen hatte. All' die unermeslichen Reichthümer, worin der spizköpfige Bube seine Klauen geschlagen hatte, wurden mit ihm in der Tiefe des Meers begraben, und weiter nichts geborgen als Ein Hammel.

Sehn Sie, sagte *Kandide* zu *Martin*, das Laster wird bisweilen bestraft; dieser Schurke von Holländischem Schifspatron hat seinen verdienten Lohn erhalten. Recht gut! weshalb mussten aber die Passagiere, die auf seinem Schiffe waren, mit untergehn? entgegnete *Martin*. Ich kann mir's nicht anders erklären, als daß Gott den Spizbuben bestraft, und der Teufel die übrigen ersäuft hat.

Indes ging das Französische und das Spanische Schif jedes seinen Gang, und *Kandiden's* |123|

|123| |124| pure schöne Geister. Das Hauptstekkenpferd all' dieser Leute aber war Liebe, welches sie mit zwei andern abwechselten, Afterreden und Schnikschnak genannt.

Kandide. Haben Sie Paris gesehn, lieber *Martin?*

Martin. Ich hab's. Da finden Sie all' den Schlag von Leuten in Einen Topf geworfen; es ist ein wahres Chaos. Ein gedrangvoller, lermreicher Ort, worin Alt und Jung „nach dem Ringe des Vergnügens rennt," und, meines Bemerkens, ihn niemand abstösst.

Lange hab' ich mich dort nicht aufgehalten; kaum war ich angekommen, so hatten die Spizbuben auf den St. Germainsmarkte mir all' mein Bischen Baarschaft weggestohlen. Man hielt mich selbst für einen Spizbuben; acht Tage lang musst' ich im Gefängnisse sizen, hernach ward ich Korrektor, um mir nur so viel zu verdienen, daß ich per pedes Apostolorum wieder nach Holland konnte. Ich habe das schmierende, das kabalebrütende und das fanatische Gesindel kennen gelernt. Es soll aber noch recht brave artige Leute in der Stadt geben; ich will's glauben.

Kandide. Ich meines Theils finde gar keinen Trieb, Frankreich zu sehn; Sie können leicht erachten, wenn man einen Monat lang in Eldorado gewesen, daß man weiter nichts zu sehn |125| wünscht als Barones *Kunegunden.* Ich will sie zu Venedig erwarten; wir wollen über Frankreich nach Italien gehn. Sie begleiten mich doch?

Martin. Versteht sich. Zwar sagt man, wäre Venedig nur für die Nobili di Venezia, indes nimmt man auch Ausländer recht gut dort auf, wenn sie viel aufgehn lassen; ich kann's nun nicht, aber Sie können's, und darum zieh' ich mit, wohin Sie wollen.

Kandide. Sagen Sie mir doch Freund, glauben Sie was der dikke Quartante da von unserm Schifskapitän behauptet, daß die Erde im Anbeginn ein Meer gewesen ist?

Martin. Platterdings nicht! so wenig als all' die Alfanzereien, womit das Heer der Skribler seit einiger Zeit zu Markte gezogen kömmt.

Kandide. Zu was Ende ist denn die Welt erschaffen worden?

Martin. Damit wir alle sollen rasend werden.

Kandide. Wundern Sie sich nicht über die Liebe der beiden Dirnen gegen die zwei Paviane, wovon ich Ihnen erzählt?

Martin. Nicht im geringsten. Ich sehe gar nicht, wo das Sonderbare dieser Leidenschaft sizt. Ich habe so viel Ausserordentliches gesehn, |126| daß mir jezt gar nichts mehr ausserordentlich vorkömmt.

Kandide. Glauben Sie wohl, daß die Menschen von jeher sich niedergemezelt haben, wie heut zu Tage? Daß sie stets gelogen und betrogen haben, stets treulose, undankbare, räubrische, flatterhafte, schurkische, neidische, prasserische, trunkenbolde, geizige, ehrsüchtige, blutlechzende, verläumdrische, hurende, schwärmende, und alberne Geschöpfe gewesen sind?

Martin. Glauben Sie, daß die Sperber von jeher Tauben gefressen haben, wenn sie ihrer habhaft werden können?

Kandide. Wohl glaub' ich's!

Martin. Nun dann, wenn das immer der Karakter der Sperber gewesen ist, warum sollen grade die Menschen ihren Karakter geändert haben?

Kandide. Wohl distinguirt Sperber und Menschen! denn Leztere haben ihren freien Willen, können ...

Unter diesen Gesprächen waren sie in Bourdeaux angekommen.

|127|

Zwei und zwanzigstes Kapitel.
Was *Kandiden* und *Martinen* in Frankreich begegnet.

Kandide hielt sich nur so lange Zeit in Bourdeaux auf, als nötig war, einige Eldoradosche Kieselsteine in Gold und Silber umzusetzen, und sich eine zweisizige Schäse anzuschaffen, denn sein Philosoph *Martin* war ihm ganz unentbehrlich geworden.

Daß er sich von seinem Hammel trennen musste, that ihm herzlich leid. Er überlies ihn der Akademie der Wissenschaften zu Bourdeaux, welche die Untersuchung, *warum die Wolle dieses Hammels rot sei*, zur dermaligen Preisaufgabe machte. Ein Nordischer Gelehrter bewies durch A ▯ B ÷ C : Z, daß der Hammel rot sein, und an den Pokken sterben müsste, und seine Abhandlung ward gekrönt.

Alles, was *Kandiden* begegnete, ging über Hals über Kopf nach Paris; das machte *Kandiden* auch lüstern, diese Hauptstadt zu sehn; und über Hals über Kopf eilt' er ihnen nach. So sehr viel reiste er sich eben nicht aus dem Wege.

|128| Er kam durch die Vorstadt *St. Marceau* hinein, und glaubte sich in dem schmuzigsten Dorfe Westphalens zu befinden. Kaum war er im Gasthofe angekommen, so befiel ihn eine kleine Unbäslichkeit; eine Frucht seiner Strapazen. Da er einen ausserordentlich grossen Diamanten an seinem Finger hatte, und man unter seinem Gepäk eine recht vollwichtige Schatulle wahrgenommen hatte, so fanden sich gleich unverlangt zwei Ärzte, einige sehr warme Freunde, und zwei Beguinen ein, die ihm seine Suppen wärmten.

Ich erinnre mich doch auch krank gewesen zu sein, sagte *Martin*, wie ich zuerst in Paris ankam; da waren aber – denn ich war rattenkahl – weder Freunde noch Ärzte, noch Beguinen, und ich genas doch.

Durch das viele Arzeneien und Aderlassen ward *Kandide* endlich in vollem Ernste krank, recht gefährlich krank. Der *Habituus* [22] des Viertels kam zu ihm und bat, er möchte doch einen Pas an Sankt *Petern* mitnemen, damit er ihn gleich zum Himmelspförtchen einliesse. |129| *Kandide* wollte durchaus nicht; die beiden Beguinen versicherten, es wäre die neuste Mode, *Kandide* versicherte dagegen ihnen, er wäre gar nicht für neue Moden. *Martin* wollte den *Habituus* zum Fenster hinauswerfen; der Geistliche schwur, *Kandide* sollte nie auf den Kirchhof kommen. *Martin* schwur dagegen, er wolle ihn bald auf den Kirchhof schikken, wenn er ihnen noch länger auf dem Halse läge.

Das Gekrette ward sehr heftig, und *Martin* schleuderte den Pfaffen beim Arme zur Thür' hinaus. Das gab grosses Skandal, und die Sache ward fiskalisch untersucht.

Kandide genas, und während der Genesung hatte er stets gute Gesellschaft zum Supee bei sich. Man spielte hoch. Er bekam nie ein As, was ihn denn nicht wenig Wunder nam, *Martinen* aber gar nicht.

Unter denen, die ihm die Honneurs der Stadt machten, befand sich ein winziges *Abeechen*, Namens *Perigourdin*. Einer von jenen frechen, bartstreichlerischen, sich in jedes Humor schmiegenden und fügenden, bald da, bald dorthin fispernden, ewigen Scharwenzeln, die den Ausländern wegelagern, ihnen die skandalöse Geschichte der Stadt erzählen, und ihnen Vergnügungen von jeder Art und für jeden Preis anbieten.

|130| Dies allerliebste Männchen begann damit, daß er *Kandiden* und *Martinen* in die Komödie führte. Man gab ein neues Trauerspiel. *Kandide* sas bei einigen schönen Geistern. Demungeachtet wein't er in einigen meisterhaft gespielten Scenen. Einer von den neben ihm sizenden Krittlern sagte in einem Zwischenakte: Sie vergiessen ohn' alle Ursach Thränen, mein Herr. Die Schauspielerin ist erbärmlich, ihr Mitspieler noch erbärmlicher, und das Stük noch weit erbärmlicher wie die Schauspieler. Die Scene liegt in Arabien, und doch versteht der Verfasser kein Wort Arabisch; glaubt überdies nicht einmal an angeborne Ideen, der elende Wicht! Morgen will ich Ihnen zwanzig Traktätchen mitbringen, alle gegen den Dramatifex gerichtet.

Wieviel dramatische Stükke haben Sie wohl in Frankreich! frug *Kandide* den *Abee*. Fünf bis sechstausend, antwortete er. Viel; und wieviel gute darunter? sagte *Kandide*. Funfzehn, erwiderte jener. Noch immer viel! versetzte Martin.

Kandide gefiel eine Schauspielerin sehr, welche die Königin Elisabet in dem ziemlich platten Trauerspiel dieses Namens machte, das wohl unterweilen gegeben wird. Ein recht brav Mädel die Aktrize, sagt' er zum *Martin*. Sie |131| hat etwas von Barones *Kunegunden* an sich; ich möcht' ihr gern mein Kompliment machen. Abee *Perigourdin* war gleich mit dem Anerbieten bei der Hand, ihn bei ihr einzuführen. *Kandide*, in Teutschland geboren und erzogen, fragte, was hiesige Etikette sei, und wie man in Frankreich den Königinnen von England begegnete.

In der Provinz, Herr Baron, antwortete der Abee, führt man sie in's Wirtshaus, zu Paris hält man sie in hohen Ehren und Würden, wenn sie schön sind; sterben sie, so wirft man sie auf den Schindanger. Königinnen auf den Schindanger? sagte *Kandide*. Ja warlich! der Herr *Abee* hat Recht, sagte *Martin*; ich war zu Paris, als Demoiselle

Monime das Zeitliche mit dem Ewigen verwechselte, wie man zu sagen pflegt; man verweigerte ihr, was die Leute hier zu Lande, ein ehrliches Begräbnis nennen, das heisst, man wollte sie nicht mit all' den Bettlern aus Einem Stadtviertel auf Einem lumpichten Kirchhof zusammen vermodern lassen; ihre Bande verscharrte sie an einer Ekke der Rue de Bourgogne, ganz allein; das mus ihrem armen Seelchen mehr denn die folterndste Höllenpein sein, denn es war immer ein sehr nobeldenkendes Mädchen gewesen.

Sehr ungeschliffen! sagte *Kandide*. Was zu thun? antwortete *Martin*. Die Leute |132| sind nun einmal hier so. Denken Sie sich alle mögliche Widersprüche, alle möglichen Ungereimtheiten in Eine Masse zusammengeknätet, so haben Sie die Regierungsform, die Gerichtshöfe, die Kirchen, die Schauspiele dieser drolllichten Nation.

Ist es wahr, daß man zu Paris beständig lacht? frug *Kandide*. Das thut man, sagte der *Abee*, es ist aber eine *bittre* Lache, die Lache kochender Wut; man bringt dort die herzschneidensten Klagen mit der schallendsten Lache hervor, ja verrichtet sogar die abscheulichsten Handlungen mit lachendem Munde.

Wer war denn das dikke Schwein, sagte *Kandide*, das auf ein Stük lästerte, worin ich so geweint habe, und auf Schauspieler, die mir so gefallen hatten? „Ein elender hungerleiderscher Tukmäuser, der um ein Paar Bissen Brod zu verdienen, alle Stükke und alle Bücher herunterlästert; jeden emporkommenden Schriftsteller hasst, wie der Verschnittne den vollglüklichen Liebhaber; eins von jenen Litteraturinsekten, die sich blos von Kot und Gift und Geifer nähren; ein gallsüchtiger Neidhart." Ein gallsüchtiger Neidhart? sagte *Kandide*. „I ja! So ein Flugblätter, ein *Freron*."[23]

|133| So schwazten *Kandide, Martin* und der Abee *Perigourdin* auf der Komödienhaustreppe, und sahen die Zuschauer alle neben sich vorbeiziehn. So vielen Drang ich auch fühle, Barones *Kunegunden* zu sehn, sagte *Kandide*, so möcht' ich doch wohl heut Abend mit Demoisell *Clairon* speisen. Es scheint mir ein ganz herrliches Mädchen.

Der Herr *Abee* war ein zu jämmerliches elendes Wichtchen, um Zutritt bei der Demoiselle *Clairon* zu haben, bei der sich stets der angesehenste Zirkel befand. Auf heut Abend ist sie versagt, hub *Perigourdin* an, ich werd' aber die Ehre haben, den Herrn Baron zu einer vornemen Dame zu führen, wo Sie Paris so sollen kennen lernen, als hätten Sie sich vier Jahr hier aufgehalten.

Der von Natur neugierige *Kandide* lies sich zu der Dame führen, die am äussersten Ende der Vorstadt St. Honoré wohnte. Man war dort mit Pharao beschäftigt. Zwölf sauertöpfige |134| Pointeurs hatten jeglicher sein Büchelchen Karten in der Hand, das geöhrte Verzeichnis ihrer Unglüksfälle.

Überall war das tiefste Stilschweigen; Todtenblässe saß auf der Stirn der Pointeurs; Besorgtheit auf der Stirn des Bankiers, und die Dame vom Hause, die diesem unbarmherzigen Bankier zur Seite sas, gab mit Falkenaugen auf alle Parolis und Septleva's de Campagne Acht, wozu jeder Spieler seine Karten knif; strengauflauernd aber mit Feinheit lies sie alle Ohren wieder ausmachen, und, bange, ihre Kunden zu verlieren, ward sie gar nicht aufgebracht. Diese Dame hies die Marquise *de Parolignac*.

Ihre funzehnjährige Tochter befand sich unter den Pointeurs, und verriet durch einen Augenwink all die Fuscheleien dieser armen Teufel, die der ihnen griesgramenden Fortuna ein Lächeln abzwingen wollten.

Abee *Perigourdin, Kandide* und *Martin* traten herein. Niemand stand auf, bekomplimentirte sie, blikte sogar auf sie hin; sie waren insgesamt mit ihren Karten viel zu sehr beschäftigt. Die Frau *Baronessin* von *Donnerstrunkshausen* war weit höflicher, sagte *Kandide*.

Indes hatte sich der *Abee* dem Ohr der *Marquise* genähert; sie lüpfte sich ein wenig |135| in ihrem Armstuhl, beehrte *Kandiden* mit einem graziösen Lächeln, *Martinen* mit einem hochadelichen Kopfneigen, und lies *Kandiden* einen Stuhl- und Karten reichen. In zwei Taillen hatte er funfzigtausend Franken verloren. Hierauf nam man in der grössten Frölichkeit das Supee. Jederman erstaunte, daß *Kandide* bei seinem Verluste so kalt blieb, und die Bedienten sagten untereinander in ihrer Bedientensprache: Das mus mein Seel! 'n Englischer Milord sein.

Das Supee glich den meisten Parisischen Supees. Erst war alles still, dann entstand mit einemmal ein Wortgetöse, wobei niemand hörte was er selbst sagte, alsdann strömte man in Scherzen, Einfällen aus, die meistentheils herzlich schaal und kahl waren, brachte falsche Neuigkeiten auf's Tapet, schiefe Räsonnements; es ward ein Bischen gekannegiessert, und viel geafterredet; man schwazte und krittelte sogar über neue Bücher.

Aber *Perigourdin* fragte: Haben sie schon den neuen Roman gelesen, den der Doktor Theologiä Herr *Gauchat*, geschrieben? Leider, sagte einer von den Gästen, aber nicht bis zu Ende. Es war mir unmöglich. Es kömmt viel albern Zeug heraus, aber so was albernes, wie der Wisch vom Herrn Doktor *Gauchat* |136| hab' ich noch nie gesehn; die Sündflut von abscheulichen Schriften, womit wir überschwemmt sind, die einem ganz bis an's Kinn dringt, verekelt einem alles Bücherlesen dermaassen, daß ich mich auf's Pointiren gelegt habe. Und was sagen Sie zu den vermischten Schriften des Archidiakonus T…? fragte der *Abee*.

Ein unausstehliches Geschöpf! rief die Frau von *Parolignac*. Wohlbekannte alltägliche Dinge kramt er mit der geheimnisvollsten Mine aus; was nur einer hingeworfnen Bemerkung bedarf, erörtert er aufs weitschweifigste und schwerfälligste; ohn' einen Funken Wiz zu haben, eignet er sich andrer Leute ihren zu; was er stiehlt, verdirbt er durch den Senf, den er darüber schüttet. Der Mann macht mich ganz wild! Doch er soll's nicht mehr. Mehr denn zuviel, wenn man vom Herrn Archidiakonus ein Paar Seiten gelesen!

Ein Mann von Gelehrsamkeit und Geschmak, der sich mit an der Tafel befand, bekräftigte das Urtheil der *Marquise*. Man kam nachher auf die Trauerspiele. Die Dame fragte, woher es käme, daß manche Trauerspiele in der Vorstellung etwas thäten, im Lesen aber nicht auszuhalten wären?

Der Mann von Geschmak sezte es sehr gut auseinander, wie ein Stük etwas Anziehendes |137| haben, und demungeachtet doch nichts taugen könnte, bewies mit wenig Worten, daß es nicht genug sei, ein oder zwei Situationen anzubringen, die man in jedem Roman antrift, und die immer etwas Verführerisches für die Zuschauer haben, sondern daß man originell sein müsse, ohne phantastisch zu sein, erhaben, ohne unter den Sonnen herumzuwandeln, das Herz kennen, und es reden lassen, grosser Dichter sein, und doch aus keiner von seinen Personen den Dichter hervorstechen lassen, den ganzen Sprachschaz zu benuzen wissen, nie den Wohlklang vergessen, nie einen Gedanken dem Reim aufopfern. Wer all' diese Regeln nicht sorgfältig in Acht nimmt, sezt' er hinzu, kann zwar Trauerspiele verfertigen, die auf dem Theater gefallen, er wird aber nie einen Rang unter den guten klassischen Schriftstellern erhalten.

Gute Trauerspiele haben wir sehr wenige. Viele sind ganz wohldialogirte und wohlversifizirte Idyllen, andre ein herrliches Opiat von politischem Geträtsch' oder artige Brechtränke von Schulchrieen; wieder andre das kunterbunteste Tollhäuslergewäsch; zerstükkelte Reden, lange Apostrophierungen an die Götter, (denn mit Menschenkindern wissen die Herren nicht zu sprechen) falsche Maximen, hochgeschraubte Gemeinpläze.

|138| *Kandide* hörte aufmerksam zu, und fasste von diesem Kritiker eine grosse Meinung; und da die *Marquise* ihm neben sich einen Plaz zu geben die Güte gehabt hatte, so nam er sich die Freiheit ihr die Frag' in's Ohr zu flistern: wer der so gesund urtheilende Mann wäre?

Ein Gelehrter, sagte die *Dame*, der nicht pointirt und den der *Abee* manchmal zum Abendbrod herbringt; ein grosser Kenner von Trauerspielen und Büchern. Er hat eine ausgepfifne Tragödie gemacht, und ein Buch, davon nie ein anders Exemplar aus seines Verlegers Laden gekommen ist, als das, so er mir dedizirt hat.

Ein grosser Mann sagte *Kandide*! ein andrer *Panglos*! Hierauf wandt' er sich folgendermassen an ihn: Vermutlich glauben Sie doch auch, mein Herr, daß in der physischen Welt sowohl als in der moralischen alles auf's Beste eingerichtet ist, und daß nichts einen andern Gang nemen kann?

Nichts weniger denn meine Meinung, antwortete der *Gelehrte*. Ich finde vielmehr, daß bei uns alles der Quere geht, daß niemand weis, was seines Rangs, seines Amts ist, noch was er thut, noch was er thun soll: und nem' ich die Supees aus, wobei noch immer Fröhlichkeit herrscht und auch ziemlich viel Eintracht, so bringen |139| die Menschen den ganzen Überrest ihres Lebens mit dem albernsten Gekrette hin. Jansenisten sind gegen Molinisten, Parlamentsglieder gegen Männer von Litteratur, Hofschranzen gegen Hofschranzen, Finanzpächter gegen das Volk, Weiber gegen ihre Männer, Anverwandte gegen Anverwandte; kurz, es ist ein ewiger Krieg.

Kandide antwortete ihm: Ich habe noch viel schlimmers gesehen; allein ein weiser Mann, der nachher das Unglük gehabt, aufgehängt zu werden, lehrte mich, daß alles über die Maassen gut und blos *das* sei, was der Schatten in einem schönen Gemälde.

Der Herr Weise am Galgen hatte die Leute zum Besten, sagte *Martin*; diese Schatten sind gräsliche Flekke. Die Menschen sind's, die diese Flekke machen, und sie können's nicht vermeiden, sagte *Kandide*. Sonach ist's nicht ihre Schuld, antwortete Martin.

Die meisten von den Pointeurs, denen dies Rotwälsch war, zechten, *Martin* unterhielt sich mit dem *Gelehrten*, und *Kandide* erzählte einen Theil seiner Abenteuer der *Dame vom Hause*.

Nach dem Supee führte die *Marquise* Kandiden in ihr Kabinet; er musste sich auf ein Sopha sezen.

|140| *Die Dame*. Nun, glühen Sie noch immer für Mademoiselle Cunegonde von Dundertronksaus?

Kandide. Noch immer, gnädige Frau!

Marquise (mit einem zärtlichen Lächeln). Geantwortet, wie ein echter junger Westphale. Ein Franzos an Ihrer Stelle hätte zu mir gesagt: Bisher Madam; seit ich Sie aber gesehn, besorg' ich sehr, Mademoiselle Cunegonde nicht mehr zu lieben.

Kandide. O, Madame sprechen Sie, was ich sagen soll, ich will ja alles sagen.

Marquise. Ihre Leidenschaft für die Baronne begann dadurch, daß Sie ihr Schnupftuch aufhoben, jetzt sollen Sie mir mein Strumpfband aufnehmen.

Herzlich gern, Madam, sagte *Kandide*, und hob's auf. Sie müssen mir's nun wieder umbinden, hub die *Dame* an, und *Kandide* that's. Sehn Sie, sagte die *Dame*, Sie sind ein Ausländer, meine Pariser Liebhaber lass' ich manchmal funfzehn Tage schmachten, Ihnen aber ergeb' ich mich in der ersten Nacht, denn einem jungen Westphalen mus man die Honneurs seines Landes machen.

Die *Dame* war Französin, *Kandide* glühend vom Wein, noch glühender von den Reizen, die er oberhalb des Kniees der *Marquise* |141| beim Strumpfbandumbinden in dem verführerischsten Prospekte zu sehn Gelegenheit gehabt hatte; das Kabinet wollüstigdämmernd; alles ringsum hatte so viel anlokkendes; allein waren sie; er erlag.

Sie spielten ihr Duodram beide recht brav; die *Dame*, als eine Frau von Welt, geübt in den schlausten, unterhaltendsten Buhlerinnenkünsten; *Kandide*, als ein unentnervter junger Westphale; er nam sich völlig dabei, wie *Herkules* in der Nacht gegen die Funfzig.

Nach geendeter Sophaszene, lobte die Schöne zwei übergrosse Diamanten, die sie bereits längst bei ihrem jungen Fremden wahrgenommen hatte, so treuherzig, daß sie in einem Hui an den Fingern der *Marquise* sassen.

Wie *Kandide* mit seinem Abee *Perigourdin* zu Hause ging, stiegen ihm einige Skrupel wegen der Untreue auf, die er an der Barones *Kunegunde* begangen hatte; der Herr *Abee* nam an seinem Kummer Theil: er hatte an den funfzigtausend Livres, die *Kandide* in dem Spiel verloren hatte und an den beiden Brilljanten, die halb geschenkt, halb abgedrungen waren, nur sehr geringen Antheil gehabt.

Der Herr *Abee*, der jezt einen tüchtigen Schnitt zu machen dachte, war bemüht, sich bei |142| *Kandiden* immer mehr einzulieben, schwazte ihm viel von *Kunegunden* vor, und *Kandide* sagte: er wollte ihr auf den Knien auf's herzinnigste seine Untreue abbitten, wenn er sie zu Venedig sehn würde.

Perigourdin verdoppelte seine Höflichkeit und seine Aufmerksamkeit, nam an alle dem, was *Kandide* sagte, that, ja noch thun wollte, den wärmsten Antheil.

So haben Sie mit ihr ein Rendezvous zu Venedig verabredet? fragte er. „Das hab' ich, lieber *Abee*; ich mus platterdings mein *Gundchen* wiederfinden." Das Vergnügen, von seiner Geliebten sprechen zu können, ris ihn hin, und er erzählte, nach seiner löblichen Gewohnheit, einen Theil seiner Abenteuer mit dieser berühmten Westphalin.

Barones *Kunegunde* hat zweifelsohne viel Geist, sagte der *Abee*, und schreibt trefliche Briefe. „Was ich nicht sagen kann! Ich habe nie welche von ihr bekommen. Als ich wegen meiner Liebe zu ihr aus dem Schlosse gejagt worden, konnt' ich nicht an sie schreiben; bald darauf erfuhr ich, sie sei todt, hernach fand ich sie wieder, und verlor sie plözlich, und jezt hab' ich ihr zweitausendfünfhundert Meilen von hier einen Expressen gesandt, dessen Antwort ich erwarte."

|143| Der *Abee* hörte aufmerksam zu und schien ein wenig staunend. Bald darauf nam er mit der zärtlichsten Umarmung von den beiden Fremden Abschied. Den folgenden Morgen erhielt *Kandide* einen Brief, folgendermaassen abgefasst:

„Mein Bester, seit acht Tagen lieg' ich hier krank. Jezt eben vernem' ich, daß Sie hier sind. Trügen mich meine Beine, so flög' ich in Ihre Arme. Zu Bordeaux erfuhr ich, wohin Sie sich gewandt hätten; ich habe den treuen *Kakambo* und die *Alte* dort gelassen, die bald hier eintreffen müssen. Der Gouvernör von Buenosayres hat mir alles genommen, aber Ihr Herz bleibt mir noch übrig. Kommen Sie, Ihre Gegenwart schenkt mir entweder das Leben wieder, oder tödtet mich vor Vergnügen."

Ihre *Kunegunde*

Dieser entzükkende, unverhofte Brief machte *Kandiden* ganz berauscht vor Freude, allein die Unbäslichkeit seiner Lieben schlug ihn äusserst nieder. Ein Raub dieser beiden Empfindungen nhm er sein Gold und seine Diamanten, und lies sich samt *Martinen* in das Hotel führen, worin Barones *Gundchen* logierte.

Mit hochklopfendem Herzen, an jedem Gliede vor Vergnügen zitternd, und mit bebender Stimme, stürzt' er in ihr Zimmer, wollte die Bettvorhänge aufreissen, wollte Licht haben. Um Gottes willen nicht! 's is dem gnädigen Fräulein |144| nichts schädlicher wie's Licht! schrie die Magd, und riz raz! wurden die Vorhänge dicht fest wieder zugezogen.

Was machen Sie, liebste *Kunegunde*! sagte *Kandide* mit einem Strom von Thränen. Lassen Sie mich doch wenigstens Ihre Stimme hören, da ich Ihr Gesicht nicht sehen darf. Ja, sprechen darf meine gnädige Herrschaft auch nicht, sagte das Mädchen. Die *Dame* strekte eine runde, fleischichte Hand zum Bette hinaus, die *Kandide* lange mit Thränen benezte, und hernach mit Diamanten anfüllte; auf den Stuhl neben ihrem Bette hatt' er einen Beutel mit Gold hingelegt.

Kandide schwamm in Liebeswonne, als ein Polizeibedienter mit etlichen Mann hereintrat, der Abee *Perigourdin* begleitete ihn. Das sind also die beiden verdächtigen Fremden? sagte Erstrer. Sogleich bemächtigte man sich ihrer und die Herren Pakans waren auf dem Sprunge, sie ins Gefängnis zu schleppen.

So begegnet man in Dorado den Fremden nicht, sagte *Kandide*. Ha! ich bin mehr Manichäer denn je, rief *Martin*. Aber mein Herr, wo führen Sie uns hin? sagte *Kandide*. In ein tiefes Loch unter der Erde, antwortete der Polizeibediente.

|145| *Martin*, der all' seine Kaltblütigkeit wieder hatte, schlos, die vorgebliche Barones *Kunegunde* sei eine Betrügerin, der Herr Abee *Perigourdin* ein Betrüger, der sich *Kandidens* Treuherzigkeit auf's schleunigste zu Nuze gemacht hatte, und der Polizeibediente ein andrer Spizbube, den man leicht loswerden könnte.

Ehe *Kandide* die Sache zu gerichtlichen Weitläuftigkeiten gedeihen lies, bot er auf Anraten *Martin's* und seines Herzens, das sich äusserst nach der wahren *Kunegunde* sehnte, dem Polizeibedienten drei kleine Diamanten an; jeder ungefähr dreitausend Pistolen wert.

O mein Herr, schrie der Mann mit dem elfenbeinernen Stabe, und hätten Sie auch Allerweltsmissethaten begangen, so sind Sie doch der bravste Kavalier auf Gottes Erdboden! Mir drei Diamanten zu geben! Jeden zu dreitausend Pistolen. Todtschlagen will ich mich eh'r für Sie lassen, Herr Milord, als Sie in's Gefängnis führen. Zwar haben wir die strengste Order, jedweden Fremden zu arretiren, wes Standes und Würden er auch sey: ich will aber das Ding schon h'rumzudrehen wissen. Ich habe zu Dieppe in der Normandie einen Bruder, zu dem will ich Sie hinbringen, und haben Sie noch Einen Diamanten d'ran zu spendiren, so wird er so gut für Sie sorgen, als wär' ich's selbst.

|146| Und warum werden hier alle Fremden in Haft genommen? frug *Kandide*. Jezt ergrif der Abee *Perigourdin* das Wort, und sagte: Darum, weil ein elender Schuft aus dem Lande Atrebatien jämmerlichen, elenden Schniksehnak gehört hatte, blos deshalb hatt' er einen grausamen Mord begangen, einen solchen freilich nicht, wie er 1610 im Maimonat begangen wurde, sondern einen solchen als 1594 im Monat December vorfiel; auf dessen Schlag nachher

noch viele andre Mordthaten in andern Jahren und andern Monaten von andern elenden Schuften aus gleichen Gründen sind ausgeführt worden.

Monsieur l'Exempt erklärte jezt, was der Abee im Dunkeln gelassen hatte. Ha! die Ungeheuer! schrie *Kandide*. Wie? solche gräsliche Thaten werden unter einem Volke verübt, das singt und tanzt! Könnt' ich doch auf's schnellste aus einem Lande, wo Affen Tiger aufhezen! Bären sah' ich in meinem Vaterlande. Menschen nur in Dorado! Um Gottes willen Monsieur l'Exempt schaffen Sie mich nach Venedig, wo ich Barones *Kunegunden* erwarten mus.

Weiter kann ich Sie nicht bringen, lieber Herr Baron, als nach der Niedernormandie, versezte der Barigello. Sogleich lies er ihm seine Bande abnemen, sagte: es wäre ein Versehn, schikte seine Leute zurük, führte *Kandiden* |147|

|147| |148| *Martin*. Eben! nur von anderm Schnitt und von andrer Farbe. Sie wissen, diese beiden Nationen führen wegen ein *Paar* lumpichter Hufen Schnee, die gegen Kanada liegen, Krieg, und verschwenden bei diesem allerliebsten Kriege weit mehr, als das ganze Kanada wert ist. Ihnen genau zu bestimmen, ob's hier zu Lande mehr Leute giebt, die man an die Kette legen sollte, wie in jenem, das vermag ich nicht; dazu hab' ich zu wenig Auge. Blos das weis ich, daß die Leute, wo wir jezt hinkommen, eine starke Dosin schwarzer Galle bei sich führen.

So hatten sie sich an die Gestade von Portsmouth hingeplaudert. Eine Menge Pöbel strömte zum Ufer hin, und schaute mit unverrüktem Auge nach einem ziemlich grossen dikken Mann, der mit verbundnen Augen auf dem Verdek eines Schifs aus der Flotte kniete. Gegen ihm über standen vier Soldaten, die mit dem kältesten Herzen und Auge ihm drei Kugeln in's Gehirn jagten, und die ganze Versammlung ging in der vergnügtesten Laune auseinander.

Was heisst das! sagte *Kandide*. Üben denn überall böse Geister ihre Macht! Wer war denn der Sir *Wanst*, den Ihr mit solchen Solennitäten umbrachtet? fragte er einen von den Umstehenden. Ein Admiral, war die Antwort. Und wozu tödtet Ihr diesen Admiral? „Er hat |149| nicht Leute genug umgebracht; er ficht mit einem Französischen Admiral, und nachher find't sich's, daß er ihm nicht dicht genug auf der Haut gewesen ist." Aber, sagte *Kandide*, der Französische Admiral war ja so weit vom Englischen als dieser von jenem. „Nicht zu läugnen, indes kann's hier zu Lande gar nicht schaden, wenn einmal ein Admiral arquebusirt wird, desto mehr lodert den übrigen der Mut an."

Der gehabte Anblik, die eben gehörte Rede, hatten *Kandiden* so betäubt, wurmten ihm so sehr, daß er nicht einmal den Fus an's Land sezen wollte, und auf der Stelle mit dem Holländischen Schiffer bedung, ihn ungesäumt nach Venedig zu bringen; sollte der ihn auch gleich wie der Surinamsche Schifspatron beschnellen.

Binnen zwei Tagen war der Schiffer klar. Es ging an den Küsten von Frankreich weg, dicht vor Lissabon vorbei, wo *Kandiden* kalter Schauer über den Nakken lief; hinein in die Strasse[24] und so in's Mittelländische Meer; endlich lag man vor Venedig.

|150|

|150| |151| zugebracht, und doch hat sich in all' der Zeit Barones *Gundchen* nicht eingestellt! Ich habe statt ihrer weiter nichts gefunden, als eine Flirtje[25] und einen Abee *Perigourdin*. Ganz gewis ist sie todt, meine *Gunde*! Ihr nach ist noch das Einzige, was du thun kannst *Kandide*! − − Ha! wär' ich doch in dem Paradiese, in Eldorado geblieben, und nicht nach dem Drachenneste, dem Europa zurückgekehrt! Sie haben ganz Recht, lieber *Martin*! Es ist alles in der Welt leerer blauer Dunst! Ist allenthalben Drang und Sturm!

Es befiel ihn so düstere Schwermut, daß er weder an den neustaufgebrachten Duodramen, noch an den Volksstükken aus Ammenmärchen mit mächtiger Genieskraft geknätet, bei deren Vorstellung im Schauspielsaale kein Apfel zur Erde konnte, noch an irgend einer Faschingslustbarkeit Theil nam; sogar bei einer Danae von Mädchen stieg ihm kein Fünkchen Begier auf.

Gute, treuherzige Seele! sagte *Martin*, Sich einzubilden, eine Mestize von Bedienten mit fünf oder sechs Millionen in der Tasche, wird hingehn bis an's Ende der Welt, und Ihre Geliebte aufsuchen. Findet er sie, so fischt er sie |152| für sich selbst weg; findet er sie nicht, so wirft er seinen wohlbespikten Köder einem andern Dirnchen in den Rachen. Mein Rat ist der: Schlagen Sie Sich alle Beide aus dem Sinn; Ihren Kerl den *Kakambo*, und Ihre Geliebte, die Barones *Kunegunde*.

Martin war kein guter Tröster, auch wuchs *Kandiden's* Schwermut täglich, und täglich rieb ihm der *Manichäer* die Ohren mit dem Beweise, daß es in der Welt nur wenig Tugend, wenig Glük gäbe, ausgenommen etwa im Eldorado, wo Niemand hinkönnte.

Eines Tages, wie sie über diese wichtige Materie stritten und *Kunegunden* noch immer erwartend, über den St. Markusplaz gingen, ward *Kandide* einen jungen Theatiner gewahr, der ein Mädchen unterm Arm hatte. Der *Theatiner* war ein frischblühender, feister, herkulischer Gesell, mit kühnumschauendem Adlerblik, stolzer Mine und kekkem Gange. Sein *Liebchen*, ein gar niedliches Ding, schäkerte singend neben ihm her, warf den vollen Blik der Liebe auf ihren *Theatiner*, und knif ihm manchmal in die runden, vollen Bakken.

Nun, diese beiden Leute werden Sie doch wohl für glüklich erklären, sagte *Kandide* zu *Martin*; auf der ganzen bewohnten Erdkugel hab' ich, ausgenommen im Eldorade, nichts als |153| Unglükliche gefunden; daß aber dies Mädchen und dieser Theatiner vollglükliche Geschöpfe sind, darauf wollt' ich wetten. Ich wette, sie sind's nicht! sagte *Martin*. Ich darf sie nur zu Gaste bitten, versezte *Kandide*, so sehn wir gleich, ob ich mich geirrt habe.

Sofort ging er auf sie zu, machte ihnen sein Kompliment, und bat sie, in seinen Gasthof zu kommen, und mit Macaroni, Lombardischen Rebhünern, Störrögen, und etlichen Flaschen Montepulciano, Lacrimâ Christi, und Cyper- und Samoswein vorlieb zu nemen. Das *Mädchen* ward rot, der *Theatiner* nam die Einladung an. Das junge *Frauenzimmer* folgte ihm, blikte *Kandiden* mit einem Auge an, worin sich Bestürzung und Beschämung malte, und manche Thräne trat.

Kaum waren sie im Hause, so sagte die *Dirne*, die *Kandiden* abseits genommen hatte: Kennen Sie denn *Gertruden* nicht mehr, lieber Herr *Kandide*? Dieser, dem *Kunegunde* stets vor Augen schwebte, hatte vorher nur einen flüchtigen Blik auf dies Mädchen geworfen, jetzt fasst' er sie fest in's Auge, und sagte: Wären Sie's wirklich, liebes Kind, Sie, die dem armen *Magister* ein so schönes Geschenk gemacht haben?

|154| Ach ja, mein Herr! ich bin's, sagte *Gertrud*. Wie ich höre, so wissen Sie bereits alles! Nun ich weis auch, wie höchst kläglich es dem ganzen Hause der Frau Baronessin ergangen ist, und was die schöne Baronnes *Gundchen* für ein entsezliches Ende gehabt haben. Aber ich bin, weis Gott, die Zeit über auch nicht auf Rosen gegangen, hab' auf Dornen und Disteln gesessen.

Als ich hin auf den Edelhof kam, war ich noch ganz unschuldig; darum fiel's meinem Beichtvater, einem Franziskaner gar leicht, mich zu verführen. O! was für gräsliche Folgen entstanden daraus; ich musste das Schlos nicht lange nachher verlassen, als Sie der Herr Baron mit derben Tritten in den Hintern h'nausgeschubt hatte.

Hätte sich nicht ein berühmter Dokter meiner erbarmt, ich wäre sicher drauf gegangen. Aus Erkenntlichkeit ward ich 'ne Zeitlang seine Mätresse. Seine Frau, das rasend eifersüchtigste Thier von der Welt, ein zehnmal ärgrer Satan von Weibe wie Xantippe, bläute mich tagtäglich so unbarmherzig, wie'n neugebaknes Leutnantchen seines Hauptmanns Kompanie. Ein unglüklichers Mädchen gab's wohl nicht, wie ich. Tagtäglich richtig meine derbe Tracht Prügel eines Mannes wegen, den ich nicht lieben konnte, und |155| tagtäglich Karessen und Liebkosungen diesem Manne, der 'ne wahre, alte Bloksbergsfraze war.

'S ist 'n gefärlich Ding, wenn ein Zankteufel eine Doktersfrau ist. Madame Brumeisen erfuhr's. Ihr Mann hatte endlich das Ding satt, gab ihr eines Tages, um sie vom Schnupfen zu kuriren, eine so wirksame Arzenei, daß sie zwei Stunden drauf mit den jämmerlichsten Verzukkungen abschurte.

Die Anverwandten der Frau Doktern spannen einen Kriminalprozes gegen den Mann an, der sich glüklich aus dem Staube machte, und mich drin sizen lies. Man warf mich in's Gefängnis, woraus mich nicht meine Unschuld rettete, sondern meine ganz leidliche Gestalt. Der Richter sezte mich auf freien Fus unterm Beding, des Dokters Stelle einnemen zu dürfen. In einem Husch wurd' ich ausgestochen, krigte die Schüppe, musste ohn' einen Liard Grazial von dannen wandern, und sah' mich genötigt, jenes abscheuliche Handwerk zu ergreifen, was Euch Mannspersonen so angenem dünkt, und was für uns eine vollströmende unerschöpfliche Quelle des Elends ist.

Ich ging nach Venedig, um hier mein Gewerbe zu treiben. O! mein Herr! Sie können sich nicht vorstellen, was das für eine Höllenmarter ist, alles durch die Bank weg karessieren zu |156| müssen; bald 'nen alten Kaufmann, bald 'nen Advokaten, bald 'nen Mönch, bald 'nen Gondelführer, bald 'nen *Abbáte*; jeder Beschimpfung Preis gegeben zu sein; zum Schuhhader gebraucht zu werden. Oft ist man so rein herunter, daß man vom Juden ein armselig Fähnchen borgen mus, um sich's von der ekelhaftesten, fatalsten Prise, vom schlechtesten Schufte aufdekken zu lassen. Das Bischen, was man von dem Einen verdient, wird einem von dem andern wegstipizt; man schwebt immer unterm Klauen der heiligen Engel, und hat im Prospekt weiter nichts als das Zuchthaus oder gar das Lazaret oder den Misthaufen, woselbst alsdann das abgemergelte halbverfaulte, verrunzelte und verschrunzelte Geripp, fast in der Blüte der Jahre sein Leben verkeuchen mus.

Wenn Sie Sich das alles so recht lebhaft denken, so werden Sie sehn, daß es keine unglüklichere Kreatur auf der Welt gibt, als mich.

So schüttete *Gertrud* in einem Kabinet ihr Herz gegen den biedern *Kandiden* aus. Ha! halb wär' 'die Wette gewonnen! rief *Martin*, der mit zugegen war. Bruder *Viola* war im Speisesaal geblieben, und hatte sich derweil' an eine Flasche Cyperwein gemacht.

„Du sahst mir aber so fröhlich, so zufrieden aus, *Trudchen*., wie ich Dir begegnete, sangst [157] so aus vollem Herzen, karessiertest Deinen Theatiner mit so ungeheuchelter Liebeswärme, daß Du mir eben so glüklich schienst, als unglüklich Du Dich ausgibst."

Ach lieber Herr *Kandide*, sagte *Gertrud*. Das ist eben mit das ärgste Kreuz bei meinem Handwerk. Noch gestern wixte mich ein Officierchen rein durch, und zog mich rattenkahl aus, und heute mus ich die fröhlichste Laune affektiren, um mich bei 'nem Pfaffen anzuschmeicheln.

Nun hatte *Kandide* schon genug und gab *Martinen* Recht. Sie setzten sich beide mit *Gertruden* und dem *Theatiner* an den Tisch; hielten ein recht fröhliches Mahl, und wurden beim Wein ganz offen.

Herr Pater, sagte *Kandide* zum *Mönch*; Sie scheinen mir ein Loos zu geniessen, weshalb Sie jederman beneiden mus; die blühendste Gesundheit lacht aus Ihrem Gesicht, Sonnenschein sizt über Ihren Augbrauen, und verkündigt, wie vollglüklich Sie sind; Sie haben das niedlichste Mädchen zum Zeitvertreibe, und scheinen mit Ihrem Theatinerstand höchst vergnügt.

Ich wollte, alle Theatiner hätten einen Mühlstein am Hals, und lägen im Meere, wo's am tiefsten ist, sagte Bruder *Viola*. Ich bin wohl schon hundertmal Willens gewesen, das [158] Kloster anzustekken, und hinzugehn, und ein Türk zu werden. In meinem funfzehnten Jahre musst' ich nolens volens die verwünschte Jakke anziehn, damit mein ältrer Bruder – Gott und alle Heiligen verdammen ihn, den prassenden, putenjunkerschen Buben! – recht à son aise schwelgen kan. Ich wurd' in ein Kloster gebant, das man gemeiniglich für einen Wohnsiz der religiösesten Ruhe hält; und das, beim Lichte besehn, weiter nichts ist, als der Tummelplaz der Eifersucht, der Zwietracht und des Ingrims.

'S ist wahr, ich habe mir manchmal mit einem jämmerlichen Schnikschnak ein'ge Bazen in die Tasche gepredigt. Aber was hat's geholfen? Die Hälfte davon stiehlt mir der Prior weg und um's Übrige bringen mich die Menscher. Wenn ich des Abends in's Kloster komme, bin ich so fuchswild, daß ich gleich den Kopf gegen die Wand rennen möchte, und all' meinen Brüdern in Paulo[26] geht's nicht ein Haar besser.

Nun hab' ich nicht die Wette ganz gewonnen? sagte *Martin*, indem er sich mit seiner gewönlichen [159] Kaltblütigkeit gegen *Kandiden* wandte. Kandide gab *Gertruden* zweitausend Piaster, und Bruder *Viola'n* tausend. Nun werden sie glüklich sein, sagte er, dafür haft' ich. Ich warlich nicht! versetzte *Martin*. Vielleicht machen Sie sie dadurch noch unglüklicher. Mag's ausfallen, wie's will! sagte *Kandide*. Ich tröste mich jezt damit, daß ich sehe, wie man oft Leute wiederfindet, die man nie wiederzufinden verhoft hat; da ich meinen roten Hammel und *Gertruden* wiedergefunden habe, so kann sich's wohl noch fügen, daß ich *Kunegunden* wieder antreffe.

Martin. Ich wünsch' es von Herzen, daß dieselbe Sie dereinst glüklich machen möge; zweifle aber noch sehr daran.

Kandide. Hartherziger Mann.

Martin. Was gar nicht zu verwundern. Ich habe lang' in der Welt gelebt.

Kandide. Sehn Sie einmal jene Gondelführer an. Singen sie nicht mit dem frohsten Herzen vom frühen Morgen an bis zum dämmernden Abend.

Martin. Werfen Sie einmal einen Blik in ihre vier Pfäle! Da werden Sie sehn, wie sie schmollen bei ihren Weibern und ihren Wechselbälgen von Kindern; Sie werden finden, daß Sorg' und Verdrus sowohl unterm Schindeldache |160|

|160| |161| des Nobile *Pococuranté* an. Die Gärten waren sehr weites Umfangs, und mit treflichen marmornen Bildsäulen ausgeschmükt, der Pallast im schönsten neusten Geschmak erbaut. Der Herr vom Hause, ein Sechziger, und steinreich, nam unsre beiden Neugierigen mit ungemeiner Höflichkeit, zugleich aber mit wahrer hofmännischer Kälte auf, was *Kandiden* nicht wenig stuzig machte, *Martinen* aber gar nicht misbehagte.

Zwei niedliche, wohlgekleidete Mädchen trugen Schokolat' auf, die sie zum perlendsten Schaum zerquirleten. *Kandide* konnte nicht umhin, sie wegen ihrer Schönheit, wegen ihres Anstandes, und wegen ihrer Gewandtheit zu loben.

Sind so ziemlich gute Krabben! sagte Senator *Pococuranté*. Manchmal nem' ich sie mit in's Bette. Denn Eurer Stadtdamen bin ich überdrüssig; ich kann ihre Kokettereien, Eifersüchteleien, Kritteleien, Launen, Aufblasereien und Albereien unmöglich aushalten, und ihre ewige Bestellereien von Liedchen, selbst, oder von irgend einem Mietspoeten gemacht. Doch bei alle dem werden mir auch diese Dirnen schon höchst unleidlich.

Nach dem Frühstük besahen sie die Bildergallerie; einen sehr grossen geräumigen Saal

Voll Menschen Glut und Geistes.

|162| *Kandiden* war bei dem Beschauen dieser Meisterwerke ganz wunderbar zu Mute;

Sein Busen war so voll und bang

Von hundert Welten trächtig;

sein ganzes Wesen schien in einem Meer von Entzükken aufgelöst. Endlich rief er: Von welchem Meister? Und deutete auf ein Paar Gemälde, woran er sich am meisten ergezt, an welchen sein Auge noch mit unbeschreiblicher Bewundrung und liebewarm hing.

Vom *Raphael,* sagte der *Senator.* Ich war solcher alter Gek und kaufte sie vor etlichen Jahren rasendtheuer; lies mich dazu beschwazen, weil man mir versicherte: Schönre Werke der Kunst gäb's in ganz Italien nicht; ich kann aber nicht sagen, daß sie mir anstünden. Die Farben sind zu dunkel gehalten; die Figuren haben nicht Ründung, nicht Hervorspringendes genug, die Drapperien nichts weniger, als Ähnlichkeit mit Gewändern. Mit Einem Worte, was man auch drüber trätscht, treukopirte Natur find' ich gar nicht drinne. Natur, Natur, die liebe Natur verlang' ich ohn' alle Ziererei so wie allenthalben, auch in Gemälden; aber wo gäb's solche Gemälde? Ich habe Klekkereien und Sudeleien die Menge, mag sie aber gar nicht mehr ansehn.

|163| *Pococuranté* lies, während daß das Dinee besorgt wurde, ein Konzert geben. *Kandide* schwamm in Vergnügen, glaubte Sphärenklang zu hören. Auf eine Viertelstunde hört man das Gequinkelire, den Dideldumdei wohl an, sagte *Pococuranté,* aber währts länger, so ist's jedermann überdrüssig, ohne daß Eine Seele das Herz hat, es zu gestehn. Heutzutage nimmt die Musik hohen, sonnenhohen Flug, und da mag's der Teufel aushalten und lange mitfliegen.

Vielleicht behagte mir die Oper besser, wenn man nicht das Kunststükchen ausfündig gemacht hätte, sie zu einem Ungeheuer umzuschaffen, wobei sich mein Magen empört. Geh' hin wer da will, in Eure elende musikalische Trauerspiele, wo jede Scene dazu angelegt ist, queerfeldein zwei oder drei lächerliche Liederchen anzubringen, welche die Kehle der Aktrise in's Licht setzen müssen. Fall vor Vergnügen in Ohnmacht, wer da will, oder kann, wenn er einen Kastraten den Cäsar oder Kato hertrillern hört, oder ihn mit anmaslicher *Noblesse* auf dem Brettergerüste herumspazieren sieht. Ich meines Orts habe schon längst all' diesen Lappereien entsagt, die heutiges Tages den Stolz von Italien ausmachen, und von auswärtigen Potentaten so theuer bezahlt werden.

|164| *Kandide* disputirte hierüber mit ihm, aber mit vieler Bescheidenheit, *Martin* aber war völlig der Meinung des *Senator's.*

Man sezte sich zur Tafel, und nam ein prächtiges Mittagsmahl ein. Wie man abgespeist hatte, ging man in *Pococuranté's* Bibliothek. *Kandiden* fiel ein prächtiggebundner *Homer* in's Auge, und er machte dem Illustrissimo über seinen Geschmak ein Kompliment. An diesem Werke, rief er, weidete sich der grosse *Panglos*, der beste Philosoph in ganz Teutschland. Und ich mich nicht im geringsten, sagte *Pococuranté* ganz kalt. Ehmals wollte man mich bereden, ich fände an dessen Lektüre Vergnügen. Allein das ewige Vorgeleier von Schlachten, die sich ähnlich sehn, wie'n Ei dem andern; diese Götter, die in einem fort handeln, und doch nichts Entscheidendes zu Stande bringen; jene Helena, die den ganzen Krieg angesponnen hat, und die sich fast immer hinter der Kulisse hält; jenes Troja, das man immer belagert, und niemals einnimmt: alles das wurmte mir so sehr, daß ich den Bettel in den Kamin werfen wollte. Ich fragte manchmal Gelehrte, ob sie nicht eben so viel Langeweile bei dem alten Saalbader empfänden. Wer offenherzig war, gestand mir, es ging' ihm nicht besser; doch müsste man ihn immer in seiner Bibliothek haben, |165| ihn aufbewahren als ein Denkmal des Alterthums und wie jene verrosteten Schaumünzen, die nicht mehr im Gange sind.

Kandide. So denken doch Vossignoria nicht vom *Virgil*?

Pococuranté. Ich räum' es ein, daß das zweite, vierte und sechste Buch seiner Aeneide treflich sind, was aber seinen frommen Aeneas anlangt, den starken Kloanthes, und Freund Achates, den kleinen Askan, den König Schwachkopf Latinus, die Spiesbürgerin Amata, und den Laffen von Weibe, die Lavinia, so glaub' ich nicht, daß man je was Mattres Widerlichers gesehn hat. Viel lieber will ich den *Tasso* lesen, und all die Ammenmärchen des *Ariost's*, worüber man stehend einnikken möchte.

Kandide. Um Verzeihung, gnädiger Herr, finden Sie viel Vergnügen daran, den *Horaz* zu lesen?

Pococuranté. Er hat Maximen, die ein Mann von Welt benuzen kann, und die wegen ihrer angenemen, lebhaften Einkleidung sich dem Gedächtnisse um so leichter einprägen. Allein seine Reise nach Brindisi und seine Beschreibung eines zusammengesudelten Mittagsbrods, sein Zankdialog im Karnschiebertone zwischen Gott weis was für einem Rupilius, dessen Worte, wie er sagt, von *Eiter troffen*, und einem andern, |166| dessen Worte nach echt Italienischen Weinessig schmekten, das alles ist mir höchst kahl und schaal. Mit äusserstem Widerwillen hab' ich die Grobheiten gelesen, die er den alten Weibern und Hexen in den Bart wirft, ich seh' auch gar nicht ein, was das für ein grosser oder kühner Gedanke ist, wenn er zu seinem Freunde Mäcen sagt: Wenn Du mich unter die lyrischen Dichter rechnest, werd' ich mit erhabnem Nakken an die Sterne stossen.

Aber so geht's; an einem beliebten Autor staunen die Dunse alles als göttlich an. Ich lese blos für mich, und was nicht in meinem Kram dient, steht mir auch nicht an.

Kandide, der von der Amm' an zu nichts weiter gewöhnt war, als zum Nachbeten, erstaunte höchlich über alles das, was er hörte; *Martin* aber fand *Pococurantés* Urtheile gar nicht uneben.

Ha! ein *Cicero*, rief *Kandide*. Den grossen Mann werden Sie gewis nicht müde zu lesen? Warlich nicht! antwortete der *Venediger*, denn ich les' ihn nie. Was schiert's mich, ob er dem Rabirius oder Cluentius den Prozes geführt hat. Ich habe so Prozesse die Menge abzuurteln. Seine philosophischen Schriften wären noch eher mein Kasus gewesen; wie ich aber sahe, daß er alles bezweifelte, so schlos |167| ich, daß ich grade so viel wüsste, wie er, und daß ich niemandes Hülfe bedürfte, um unwissend zu sein.

O! da sind vierundzwanzig Bände vermischte Schriften von einer Akademie der Wissenschaften, schrie *Martin*. Darunter könnte wohl was guts sein! Und wäre auch, sagte *Pococuranté*, wenn nur ein einziger von all' den Schmierern die Kunst erfunden hätte, Nähnadeln zu machen; so aber enthält der ganze Bras nichts als Systeme, lauter Luftgut, und nicht ein Spierchen Brauchbares.

Was für eine Menge Schauspiele seh' ich dort, rief *Kandide*, Italienische, Spanische, Teutsche, Französische! Ja wohl! sagte der *Senator*, es sind über dreitausend Stük, und der guten nicht drei Dutzend. Daß ich diese Sammlungen Predigten, die insgesamt nicht zwei Seiten von *Addison* aufwiegen, und alle jene dikken Folianten von Kirchenvätern und allen möglichen Theologastern, nie aufgemacht habe, so wenig wie sonst jemand, das werden Sie mir wohl unversichert glauben.

Martin ward einen Schrank gewahr, worin lauter Englische Bücher standen: Ich glaube, es mus Wonne für einen Republikaner sein, die meisten dieser Werke zu lesen, die den Geist der Freiheit so stark athmen. Freilich ist's schön, hinschreiben |168| zu dürfen, was man denkt, sagte *Pococuranté*, das ist das Vorrecht des Menschen. Allein in unserm ganzen Italien schreibt man blos, was man nicht denkt; die jezigen Bewoner der Gegenden, wo die *Cäsars* und die *Antonine* herrschten, dürfen sich nicht unterstehn, einen Gedanken zu haben, wenn's ein Dominikaner nicht erlaubt. Wie gesagt, ich wäre sehr mit der Freiheit zufrieden, die den genievollen Britten begeistert, wenn nicht Leidenschaft und Partheigeist alles verdürben, was diese köstliche Freiheit Schäzbares hat.

Kandide ward einen Milton gewahr, und fragte, ob er nicht diesen Dichter für einen grossen Mann hielte? „Ich, den Barbaren, der über das erste Kapitel des ersten Buchs Mose in zehn Büchern rauher Verse einen weitschweifigen Kommentar gemacht hat? Den plumpen Nachäffer der Griechen, der die Schöpfungsgeschichte ganz verhunzt hat, der, indem Moses den Allmächtigen schildert, wie er durch ein *Werde* die Welt hervorwinkt, seinen Messias einen grossen Kompas aus einem Wandschranke des Himmels hervorholen lässt, um einen Ris seines Weltgebäudes zu entwerfen? Ich, ihn schäzen, der *Tasso's* Höll' und Teufel verpfuscht hat, der den Lucifer bald in eine Kröte, bald in einen Zwerch verkappt, der ihn die Leier immer |169| herableiern lässt, die er ihm einmal in die Hand gegeben hat, der ihm theologische Dispüten, in den Mund legt'? Ich sollte den Mann schäzen, der *Ariost's* komische Erfindung mit dem Schiesgewehr in gutem Ernst nachäfft, und sich die Teufel in dem Himmel herumkanoniren lässt? Weder mir noch sonst irgend jemand in Italien können sie gefallen, diese kahlmäusersche Alfanzereien. Welcher Mann, der nur ein wenig Gefühl für's Schöne hat, kann die Heurat der Sünde und des Todes, und die Schlangen, die Frau Sünde gebiert, lesen, ohne daß sich sein Magen empört! Und seine weitläufige, weitschweifige Beschreibung vom Hospitale gehört nur für einen Totengräber."

„Dies dunkle, phantastische, ekelhafte Gedicht ward bei seiner ersten Erscheinung verachtet; und ich thue jezt das, was gegen *Milton* seine Landleute und Zeitverwante thaten. Übrigens sag' ich, was ich denke, und kümmre mich wenig darum, ob andre eben so denken wie ich."

Kandiden hatten diese Urtheile ein wenig gebeugt, er hielt den *Homer* hoch, und liebte den *Milton*. Sie kamen nunmehr vor einen Schrank, worin Teutsche Dichter standen. Lassen Sie uns vorübergehn, lieber *Martin*, flisterte *Kandide* ihm zu. Es möchte sonst |170| wieder ein unbarmherziges Gericht ergehn. Wobei mancher von den Herren nicht mehr als sein Recht erhalten würde, sagte *Martin*. Das wohl, antwortete *Kandide*, aber er könnte so nebenher meine Lieblinge antasten, und das hielt' ich nicht aus.

Pococuranté beehrte sie noch mit einigen von seinen Urtheilen; wir sind's aber satt mehrere Schiefköpfigkeiten nachzuschreiben, und der Leser ist es auch gewis, selbige zu lesen. *Kandide* brummte in den Bart: Ein grosser, grosser Kopf. Das nenn' ich noch Genie! Dem kann niemand etwas zu Danke machen!

Nachdem besagtermaassen *Pococurantés* Bücher die Musterung passirt hatten, stiegen sie in den Garten hinab. *Kandide* lobte alle dessen Schönheiten. Schönheiten? sagte der Eigner des Gartens. Das nennen Sie Schönheiten? Ist nichts als lauter Flitter- und Klipperkram;

> Ist purer purer Schneider-Scherz
>
> Trägt nur der Scheere Spur
>
> Und nicht das grosse volle Herz
>
> Von Mutterlieb Natur.

Doch nur Geduld, morgen liegt der ganze Bettel hier in einen Klumpen, und aus dem Schutt und Graus soll ein gar ander Ding aufstehn. Wo man hintritt, wo man hinriecht und |171| hinsieht, soll Natur entgegenwittern, und doch soll's nicht so kunterbunt, so regelloswild sein, wie in den so hochgepriesnen Gärten der Engländer.

Als unsre beiden Neugierigen von dem *Illustrissimo* Abschied genommen hatten, sagte *Kandide* zu *Martinen*: Daß der Mann der Glüklichste unter allen Menschen ist, werden Sie mir doch wohl zugeben; er ist weit über alles erhaben, was er besizt.

Martin. Sehn Sie denn nicht, daß er alles dessen überdrüssig ist. Die Mägen sind nicht die besten, hat schon *Plato* vor Jahrhunderten gesagt, die nicht jede Speise vertragen können.

Kandide. Aber, ist es nicht Wollust, jedes Ding zu bekritteln, Fehler aufzuspüren, wo andre Leute mit ihrer schlechtgeschlifnen Brille nichts als Schönheiten sehn?

Martin. Das heisst verdolmetscht, es ist Wollust, gar keine Wollust zu geniessen.

Kandide. Nun dann! so bin ich dann allein der Glükliche, wenn ich mein *Gundchen* in den Armen haben werde.

Martin. Hofnung ist noch das Beste, was der Mensch hat!

Indessen verflossen Tage, Wochen, Monate, und kein *Kakambo* erschien. *Kandide* war |172|

|172| |173| doch zu ihr. Las mich doch mit ihr vor Freude sterben! *Kunegunde* ist hier nicht, sagte *Kakambo*; ist zu Konstantinopel.

„Jesus und Gott! zu Konstantinopel! Doch es thut nichts. Und wär' sie in China, ich flöge hin! Mit zu Schiffe! mit!" und *Kandide* hatte *Kakambo'n* schon zur Hausthür' hinausgerissen. Vor Essens kann daraus nichts werden, sagte *Kakambo*. Weiter kann ich Ihnen jezt nichts sagen. Nur noch so viel: ich bin Sklave, mein Herr wartet auf mich. Ich muß in den Speisesaal, und ihn bedienen. Sein Sie ja mäuschenstill, essen Sie Ihr Abendbrod, und machen Sie Sich reisefertig.

Kandide war halb ein Raub der Freude, halb der Betrübnis; der Freude, der entzükkendsten Freude, weil er bald sein *Gundchen* wiedersehn sollte, und jezt seinen treuen Sachwalter wiedergefunden hatte; der Betrübnis, daß er Letztern als Sklave sahe. Sein Herz war in wildem Aufruhr, sein Kopf drehend und wirbelnd. Er sezte sich mit *Martinen*, der all' diesen Abenteuern ganz kaltblütig zuschaute, und sechs Fremden zu Tische, die blos die Faschingszeit in Venedig zubringen wollten.

Wie sie fast abgespeist hatten, sagte *Kakambo* zu einem dieser sechs Fremden, dem er |174| bisher eingeschenkt hatte: Sire, Ihre Majestät können reisen, wenn's Ihnen gefällig ist, das Schif ist klar. Hierauf ging er hinaus. Ohn' ein Wort zu sagen, sahen die Gäste einander voller Erstaunen an, als ein zweiter Bedienter sich seinem Herrn näherte, und ihm sagte: Die Schäfe von Ihro Majestät steht zu Padua, und die Barke ist bestellt. Sein Herr gab ihm einen Wink, worauf er fortging.

Die Gäste machten noch grössre Augen wie vorhin, ihr Blik verriet immer mehr und mehr ihre steigende Verwundrung. Ein dritter Diener näherte sich einem dritten Fremden, und sagte: Sire folgen Sie meinem Rat, und halten Sie Sich nicht länger hier auf. Ich geh' und mache alles zurechte, Ihro Majestät. Sofort verschwand er.

Kandide und *Martin* hielten das ganze Ding nunmehr für einen Karnevalsspas. Ein vierter Bedienter sagte: Ihro Majestät können reisen, wenn's Ihnen gefällig ist. Der fünfte Lakai sagte eben das dem fünften Herrn. Allein der sechste hub an in ganz andern Ton mit dem sechsten Fremden zu reden, der neben *Kandiden* sas. Bei meiner armen Seele! Sire, sagte er, Ihro Majestät können so wenig mehr auf Borg krigen, wie ich, und 's ist leicht möglich, daß wir heut' alle beide in den Schuldthurm |175| wandern müssen. Das Gescheiteste, ich seh' wo der Zimmermann das Loch gelassen. Gott steh' Ihnen bei.

Wie alle Bedienten hinaus waren, verharrten die sechs Fremden, *Kandide* und *Martin* im tiefsten Stillschweigen. Endlich brach's *Kandide*: Ein artiger Fastnachtsspas meine Herren! Warum sind Sie aber grade alle Königsagenten? Ich meiner Seits, mus Ihnen gestehn, bin kein König nicht, so wenig, wie mein *Martin* da.

Jezt nam *Kakambo's* Herr gravitätisch das Wort und sagte auf Italienisch: Ich bin nichts weniger als Fastnachtsnarr; ich heisse *Achmet der Dritte*; bin viele Jahre Grossultan gewesen; habe meinen Bruder entthront, und mein Neffe mich. Alle meine Wessire sind enthauptet worden, und ich bringe den Rest meines Lebens im alten Seroj zu. Unterweilen erlaubt mir mein Neffe, Grossultan *Machmud*, Gesundheitshalber herumzureisen. Diesmal hab' ich den Karnevalslustbarkeiten zu Venedig beigewohnt.

Ein junger Mann, neben *Achmet* sas, hub nach ihm an zu reden. Ich heisse *Iwan*, sagte er; bin der Kaiser aller Russen gewesen; ward schon in der Wiege entthront, mein Vater und Mutter eingekerkert, ich im Gefängnisse erzogen;

|176| manchmal steht mir's frei, herumzureisen; meine Wächter verlassen mich aber nie. Ich bin hieher gekommen, um dem Karneval beizuwohnen.

Und ich bin *Karl Eduard*, König von England, sagte der Dritte. Mein Vater trat mir seine Gerechtsame am Reiche ab. Ich suchte sie mit gewafneter Hand zu vertheidigen; man ris acht Hunderten meiner Anhänger das Herz aus dem Leibe, und schleuderte es ihnen um die Bakken; mich warf man in's Gefängnis. Jezt geh' ich nach Rom, meinen Vater zu besuchen, den König, der sowohl entthront ist, wie ich und mein Grosvater. Ich kam hieher, um dem Karneval beizuwohnen.

Nunmehr nam der Vierte das Wort, und sagte: Ich bin König der Polen, beraubt meines Erbreichs durch das Kriegsglük, das auch an meinem Vater seine Tükke übte, ich habe mich völlig der Vorsicht resignirt, so wie Sultan *Achmet*, Zaar *Iwan*, und König *Karl Eduard*, denen Gott ein langes Leben verleihen wolle. Ich kam hieher um dem Karneval beizuwohnen.

Auch ich bin König der Polen, hub der Fünfte an, verlor zweimal mein Reich, erhielt aber durch die Vorsehung einen andern Staat, worin ich mehr Gutes gethan habe, als je alle |177| Könige der Sarmaten an den Ufern der Weichsel haben thun können; auch ich resignire mich der Vorsicht, und bin hieher gekommen, dem Karneval beizuwohnen.

Jezt war die Reihe zu reden, an dem sechsten Monarchen. Meine Herren sagte dieser, an Grösse gleich' ich Ihnen nicht, dennoch aber bin ich, so gut wie ein andrer, König gewesen. Ich heisse *Theodor*, und ward zum Könige in Korsika erwählt. Sonst nannte man mich Ihro Majestät, und jezt mit genauer Not mein Herr. Sonst lies ich Münze schlagen, jezt hab' ich keinen roten Heller; sonst hatt' ich zwei Staatssekretäre, und jezt nicht einmal einen Bedienten. Ich sahe mich ehemals auf einem Throne, und zu London musst' ich lang' im Kerker auf einem Bunde Stroh liegen. Mir ist bange, daß mich hier das nämliche Schicksal trift, ob ich gleich wie Ihro Majestäten hierher gekommen bin, dem Karneval beizuwohnen.

Die fünf andern Könige hörten dieser Erzählung mit edlem Mitleide zu, und jeder gab dem Könige *Theodor* zwanzig Zechinen[27], um sich Kleider und Wäsche anzuschaffen, *Kandide* aber |178|

|178| |179| begaben, beugten sie sich tief zur Erde vor dem Schattenspielmonarchen.

Sehn Sie, sagte *Kandide* unterwegs, da haben wir nun mit sechs abgesezten Königen gespeist, und unter diesen sechs Königen war noch dazu einer, dem ich einen Zehrpfennig gegeben habe. Vielleicht giebt's noch weit mehr unglükliche Prinzen. Wie glüklich bin ich dagegen, ich habe ja nur hundert Hämmel eingebüsst, und fliege nun meiner *Kunegund'* in die Arme. Ich versichre Ihnen nochmals, lieber *Martin, Panglos* hatte Recht: Es ist doch die beste Welt! Wollte Gott, seufzte *Martin*.

Allein, sagte *Kandide*, unser zu Venedig erlebtes Abenteuer hat wenig Wahrscheinliches. Hat man je gesehn, oder gehört, daß sechs entthronte Könige in Einem Wirtshause zusammen zur Nachtmisse[28] genommen haben?

Das schlägt grade nicht mehr aus dem gewöhnlichen Gleise, als die meisten Vorfälle, die uns begegnet sind, antwortete *Martin*. Daß Könige entthront werden, ist ein Erzwerkeltagsstükchen, und daß wir die Ehre gehabt haben, mit ihnen das Abendbrod zu nemen, nun warlich! das ist eine solche Lumperei, daß ich nicht begreife, wie ein Schüler vom grossen *Panglos*, ein |180| wirklich philosophischer Kopf dergleichen beherzigen kann.

Kaum hatte *Kandide* den Fus in's Schif gesezt, so stürzt' er auf seinen alten Diener, seinen Freund *Kakambo* zu, und fiel ihm um den Hals. Nun, was macht meine *Kunegunde*[29]? rief er. Ist sie noch immer das schöne Mädchen? Liebt sie mich noch immer? O was macht sie? Du hast ihr unstreitig einen Pallast zu Konstantinopel gekauft?

„Ach! 's hat sich was zu pallasten, lieber Herr. Die gute *Kunegunde* steht da am Rande des Mare di Marmora und scheuert Teller und Schüsseln; ist Sklavin von einem Prinzen, bei dem das Küchengerät herzlich dünn gesät ist. 'S is der alte Fürst *Ragotsky*, dem die Ottomannische Pforte täglich drei Thaler in seiner Freistat zufliessen lässt. Alles schlim genug, aber der hinkende Bote kömmt noch erst nach. Der *Barones* ihr niedliches Lärvchen ist ganz zum Kukuk; sie ist, mit Respekt zu sagen, 'n wahrer Popanz geworden."

Mag's doch, sie sei Popanz oder schön, antwortete *Kandide*; so mus ich sie doch lieben; Sie hat mein Wort, und ich bin ein Teutscher Mann. Aber sag' mir, wie kann sie so zum Aschenbrödel herabgesunken sein? Du hast ihr doch fünf bis sechs Millionen gebracht? I ja doch! sagte *Kakambo*, hab' ich nicht dem Sennor *Don Fernando* |181| *d' Ibaraa y Figueora y Mascarenes, y Lampourdos y Souza*, Stathalter von *Buenosayres*, zwei Millionen geben müssen, damit ich die Erlaubnis erhielt, Barones *Gundchen* mitnemen zu dürfen? Und hat uns nicht all' das Übrige ein Seeräuber redlich weggekapert? Und hat uns nicht eben dieser Seeräuber nach Capo *Matapan*, nach Milo, nach *Nicaria*, nach Samos, nach Arach, nach den Dardanellen, nach Marmora, nach Soutari geschleppt? *Kunegunde* und die *Alte* dienen jezt bei dem dikbesagten Fürsten, und ich bin Sklave beim enttrhonten Sultan.

Welche unendliche Kette von entsezlichen Unglüksfällen! sagte *Kandide*. Doch ich habe noch einige Diamanten, damit werd' ich *Kunegunden* leicht befreien können. Nur Schade, daß sie so häslich geworden ist! Hierauf wandt' er sich zu *Martinen*, und sagte: Wen halten Sie wohl für beklagenswürdiger, den Kaiser *Achmet*, Zaar *Iwan*, König *Karl Eduard*, oder mich?

Um hierüber zu urtheilen, müsst' ich einen Blik in Ihrer aller Herzen thun können, sagte *Martin*. Ha! versezte *Kandide*, wäre nur *Panglos* hier, der würde ohne diesen Blik uns dies gewis lehren. Ich weiß nicht, |182| was für eine Wage Ihr *Panglos* hätte zur Hand nemen können, um die Unglüksfälle der Menschen und ihre Leiden genau gegen einander abzuwägen, sagte *Martin*. Ich meiner Seits kann weiter nichts für gewis behaupten, als daß es auf dem Erdenrund Millionen Menschen giebt, die hundertmal betaurungswürdiger sein, wie König *Karl Eduard*, Zaar *Iwan* und Sultan *Achmet*. Wohl möglich! erwiederte *Kandide*.

In wenig Tagen befanden sie sich auf dem Kanale des schwarzen Meers. Das erste, was *Kandide* that, war, daß er *Kakambo*'n sehr theuer loskaufte, hierauf warf er sich ohn' alles Säumen mit seinen beiden Gefährten in eine Galeere, um an den Ufern des Mare di Marmora seine *Kunegunde* aufzusuchen, so häslich sie auch immerhin sein möchte.

Unter den Ruderknechten waren ein Paar, die gar erbärmlich ruderten; auch sprach von Zeit zu Zeit der Levantifahrer mit seinem Ochsenziemer ihren nakten Schultern zu. Jeden Hieb fühlte *Kandide* doppelt; und er fuhr ihm durch Mark und Bein. Durch einen innern Zug angetrieben, naht er sich ihnen, und fasste sie schärfer in's Auge.

So verunstaltet auch ihre Gesichter waren, so glaubt' er doch einige bekannte Züge darin zu |183| entdekken; Züge, die einige Ähnlichkeit von *Panglos*, und dem unglüklichen gejesuiteten *Baron*, dem Bruder von Barones *Kunegunde*, hatten.

Diese Vorstellung machte ihn ganz niedergeschlagen, pakte ihn heftig. Warlich, sagt' er zu *Kakambo*, nachdem er sie noch schärfer in's Auge gefasst hatte, hätt' ich nicht den Magister *Panglos* hängen sehn, und hätt' ich nicht den *Baron* unglüklicher Weise über den Haufen gestossen, so dächt' ich, das wären sie beide, die an diese Bank geschmiedet sind.

Bei dem Namen *Baron* und *Panglos* stiessen die beiden Ruderknechte einen lauten Schrei aus, standen still, und liessen ihre Ruder fallen. Sogleich rannte der Levantifahrer auf sie los, und verdoppelte die Schläge mit dem Ochsenziemer. Halten Sie ein, lieber Herr, halten Sie ein! rief *Kandide*. Ich will Ihnen geben, was Sie haben wollen.

Heiliger Gott! das ist *Kandide*, schrie einer von den Ruderknechten. Warlich! das ist er, rief der Andre. Träum' ich? Wach' ich? rief *Kandide*. Bin ich hier wirklich auf der Galeere? Ist das der *Baron*, den ich getödtet habe? Ist das Magister *Panglos*, den ich habe hängen sehn?

|184| Wohl sind wir's! Ja, wir sind's! antworteten sie alle beide. Wie! ist das der grosse Philosoph? fiel *Martin* ein. He! Herr Levantifahrer, sagte *Kandide*, wieviel Lösegeld fordern Sie für den Herrn *Leopold Woldemar* von *Donnerstrunkshausen*, einen der vornemsten Barone des Heiligen Römischen Reichs, und für den Herrn Magister *Panglos*, den allergründlichsten Metaphysiker in ganz Teutschland. Baron, Metaphysiker, sagte der *Levantifahrer*. Hum! Müssen wohl ansehnliche Ämter in Deinem Lande sein! Nu, weisst Du was, Du Christenhund? Da sollst Du mir für die beiden Christenhunde von Sklaven fünfzigtausend Zechinen geben.

Die sollen Sie haben, mein Herr, sagte *Kandide*. Bringen Sie mich nur schnell wie der Bliz, nach Konstantinopel, und ich zahl' Ihnen das Geld auf Einem Brette. Doch nein, bringen Sie mich lieber zu Barones *Kunegunde*. Gleich bei *Kandiden's* ersten Worten hatte der Patron das Schif umgelegt, und lies nach der Stadt schneller zurudern, als ein Vogel die Lüfte durchschneidet.

Kandide warf sich bald dem *Baron* um den Hals, bald *Panglosen*: Wo ist das möglich, lieber *Baron*, daß ich Sie nicht getödtet habe? und wie können Sie noch leben, |185| trauter *Panglos*, da Sie sind gehängt worden? Und wodurch sind Sie beide auf Türkische Galeeren gekommen? Ist denn wirklich meine liebe Schwester in der Türkei? sagte der *Baron*. Nicht anders! antwortete *Kakambo*. So hab' ich Dich denn wieder, lieber trauter *Kandide*, schrie *Panglos*, und drükt' ihn fest an seine Brust; *Kandide* stellte ihnen *Kakambo'n* und *Martinen* vor. Sie umarmten sich insgesamt, und sprachen alle mit Einem Male.

Schon lag die Galeere, die mit Sturmwindsfittichen geflogen war, im Hafen. Man lies einen Mauschel kommen, welcher *Kandiden* einen Diamanten, der hunderttausend Zechinen unter Brüdern wert war, für die Hälfte abschacherte. Will gleich verkrümmen af der Stell, gnadiger Herr, wo ich Sie kann geben ainen roten Heller mehr, sagte der Jude.

Sogleich bezahlte *Kandide* das Lösegeld für den *Baron* und für *Panglos*. Leztrer warf sich seinem Befreier zu Füssen, und badete sie mit Thränen. Erstrer sagte mit hochadlichem Kopfnikken: Ehster Tage sollen Sie Ihren Vorschus wieder haben, *Kandide*. Auf Kavalier Parol! Ists aber wohl möglich, daß sich meine Schwester in der Türkei befindet?

|186|

|186| |187| nach Buenosayres, das meine Schwester eben verlassen hatte, und warf mich daselbst in's Gefängnis. Ich bat um Erlaubnis, nach Rom zum Pater General gehn zu dürfen. Man fand's aber für gut, mich nach Konstantinopel zu schikken, um bei dem dortigen Französischen Ambassadeur Kapellansstelle zu vertreten. Ich hatte noch nicht völlig acht Tage diese Bestallung gehabt, als mir des Abends ein ungemein wohlgebildeter junger Itschoglan[30] aufsties. Erstaunlich schwul war's den ganzen Tag über gewesen, der junge Mann wollte sich baden, ich nam die Gelegenheit wahr, und badete mich mit.

Ich wusste nicht, daß der Hals darauf stand, wenn ein Christ mit einem jungen Muselmann zusammen in puris naturalibus betroffen wird. Ein Kadi, der mich vor sich bringen lies, sagte mir dies, lies mir hundert Stokprügel auf die Fussohlen geben, und verdammte mich – aus ungemeiner Milde – zu den Galeeren. Himmelschreiendere Ungerechtigkeit, glaub' ich, ist wohl nie begangen worden ... Aber ich bitte Euch, *Kandide*, sagt mir, warum befindet sich |188| meine Schwester in der Küche eines zu den Türken geflüchteten Siebenbürgischen Fürsten? Aber wie ist's möglich, trauter *Panglos*, rief *Kandide*, wie ist es möglich, daß ich Sie wiedersehe? Sonderbar mus es Ihnen freilich dünken, sagte *Panglos*, da Sie mich haben hängen sehn. Nach der Regel hätt' ich müssen verbrannt werden. Sie werden Sich aber noch erinnern, daß es regnete, als gösse es mit Mulden, grad' als ich sollte geschmort werden. Dies Schlakkerwetter ward so heftig, hielt so lang an, daß man das Holz gar nicht zum Brennen bringen konnte. Da war also kein bessrer Rat, als mich hängen.

Ein Feldscheer kaufte meinen Leichnam, nam ihn mit nach Hause, und hub ihn an zu seziren. Er begann sogleich mit einem Kreuzschnitt vom Nabel an bis zum Schlüsselbein herauf. Erbärmlicher, wie ich, war wohl noch niemand gehängt worden. Der Vollstrekker der hochnotpeinlichen Halsgerichtsbarkeit bei der heiligen Inquisition, der Unterdiakonus war, verstand sich zwar perfekt darauf, Leute zu verbrennen, aber das Hängen war seine Sache gar nicht. Der Strik was nas, glitschte also nicht, und er schlug einen ganz jämmerlichen Knoten.

Kurz, ich hatte noch Leben, beim Kreuzschnitt schrie ich so laut auf, daß der Feldscheer |189| rüklings zu Boden stürzte, und sich einbildete, er hätte den Teufel sezirt. Halbtodt vor Schrekken rannt' er über Hals über Kopf zur Stubenthür hinaus, und über Hals über Kopf stürzt' er auch die Treppe hinunter.

Die Frau kam über das Gepolter aus dem benachbarten Kabinett herzugerannt, sahe mein Donquixotsräf mit dem Kreuzschnitt über dem Tisch ausgestrekt liegen. Es kam sie noch ärgers Grauen an, wie ihren Mann, sie rannte volles

Rennens nach der Treppe, fiel selbige herunter, und auf ihre liebe Ehehälfte.

Als sie sich wieder erholt hatten, hört' ich die Frau zum Manne sagen: Wie hast'u Dir's denn können einfallen lassen Papachen, einen Kezer zu seziren? Weisst ja wohl, daß dergleichen Kerls immer den Teufel im Leibe haben. Will nur hurtig hinlaufen, und 'nen Priester holen, damit der ihn austreibt.

Bei diesen Worten lief mir's ganz kalt über'n Nakken; ich glaubte, die Inquisition hätte mich schon wieder beim Schopf, rafte daher den wenigen Überrest meiner Kräfte zusammen, und schrie: Um aller Heiligen willen, erbarmt Euch mein. Endlich bekam der Portugiesische Barbier wieder Herz, ging herauf, flikte meine Haut wieder zusammen; seine Frau lies es auch an keiner Pfleg' und Wartung mangeln, so daß ich |190| nach vierzehn Tagen wieder auf den Beinen war.

Der Barbier that sich nach einem Dienst für mich um, und brachte mich als Lakai bei einem Maltheserritter an, der nach Venedig ging. Da ich aber von diesem meinen Herrn keine Zahlung erlangen konnte, so begab ich mich bei einem Venedischen Kaufmann in Dienste, welcher nach Konstantinopel reiste.

Eines Tages kam ich auf den Einfall, in eine Moschee zu gehn; es befand sich niemand weiter darin als ein alter Iman[31] und eine junge Andächtige; ein gar niedliches Dingelchen, das ihr Paternoster hersagte. Ihr liebreizender Busen war ganz unverhüllt. Ein schöner Straus von Tulpen, Rosen, Anemonen, Ranunkeln, Hiazinten und Bergschlüsselblumen stekte zwischen den warm wallenden Marmorhügeln, die so stark hüpften, daß sie den Straus auf die Erde fallen machten. Ich flog hinzu, hob ihn auf, und stekte ihn wieder vor, mit einer sehr ehrfurchtsvollen Geschäftigkeit und Zärtlichkeit.

Beim Anordnen der Blumen bracht' ich so lange zu, daß der Iman in Harnisch geriet, und um Hülfe rief, weil er sahe, daß ich ein Christ war. Man führte mich vor den Kadi, der mir |191| hundert Schläge mit dünnen Röhrchen auf die Fussohlen geben lies. Ich ward grad' auf eben die Galeere, und grad' auf eben die Bank geschmiedet, worauf sich der Herr *Baron* befand.

Auf der nämlichen Galeere waren vier junge Marseiller, fünf Neapolische Priester und zwei Mönche aus Korfu, die uns versicherten, dergleichen wären Alltagsgeschichtchen. Der Herr *Baron* behauptete stets, ihm wäre weit grössers Unrecht wiederfahren, wie mir; ich aber behauptete, es sei weit erlaubter, einem jungen Frauenzimmer einen Straus wieder vor den Busen zu stekken, als sich in puris naturalibus mit einem Itschoglan allein zu befinden. Wir disputirten beständig, und empfingen richtig alle Tage unsre dreissig Karbatschenstreiche, als Sie durch die Verknüpfung der Begebenheiten in dieser Welt auf unsre Galeere kamen, und uns loskauften.

„Nun liebster *Panglos*, blieben Sie noch immer bei Ihrem Saze, wie Sie gehängt, sezirt, zerprügelt, Ruderknecht geworden waren? Hielten Sie noch immer diese Welt für die beste?" Noch immer! häng ich fest an meiner ersten Meinung, sagte *Panglos*; denn mit Einem Wort, ich bin Philosoph, und der lässt sein System nie fahren. Überdies konnte *Leibniz* gar nicht unrecht haben, und zudem giebt's |192|

|192| |193| Schritte hinter sich, es überfiel ihn ein Grauen, als er die schöne *Kunegunde* so verwandelt sahe. Ihre Augen waren rot, triefend; ihr Busen brettern; ihre Wangen verschrumpft; ihre Ärm' und Hände scharlachfarben und schuppicht. Um sie aber nicht zu kränken, naht' er sich ihr. Sie umarmte *Kandiden* und ihren *Bruder*; man umarmte die *Alte*, und *Kandide* kaufte sie alle beide los.

In der Nachbarschaft lag ein kleines Vorwerk. Die *Alte* that *Kandiden* den Vorschlag, es in Erwartung glüklicherer Zeiten zu kaufen. *Kunegunde* wusste nicht, daß sie war häslich geworden; es hatte niemand davon einen Wink fallen lassen. Sie erinnerte *Kandiden* an sein Versprechen in einem so gebietrischen Tone, daß der gute *Kandide* sich nicht unterstand, ihr den Korb zu geben. Er ging also hin zum *Baron* und notifizirte ihm, daß er seine Schwester heuraten würde.

Diese Niederträchtigkeit von Seiten meiner Schwester, und diese Frechheit von Seiten Ihrer, *Kandide*, werd' ich nie zugeben, sagte der *Baron*. Bei Gott! diese Infamie soll man mir nie vorwerfen! Die Kinder meiner Schwester würden nie stifts- und turnierfähig sein! Nein, meine Schwester soll nie einen andern bekommen als einen Reichsfreiherrn.

|194|

|194| |195| keine Gerechtsame über seine Schwester zustünden, und daß sie nach allen Reichsgesezen sich *Kandiden* konnte an die linke Hand trauen lassen. *Martin* stimmte dahin, daß der *Baron* sollte in's Meer geworfen werden. *Kakambo* that den Ausspruch: Man müsse ihn wiederum dem Levantifahrer überantworten, eine Zeitlang an die Ruderbank schmieden, und dann mit dem ersten, besten Schiffe nach Rom an den Pater General schikken.

Diesem Gutachten ward einstimmig beigetreten; die *Alte* billigte es auch, wie sie's erfuhr; vor *Kunegunden* ward's verheimlicht. Mit etlichen Dukaten war das Projekt ausgeführt, und man hatte die Freude, einen Jesuiten zu überlisten, und einen ahnenstolzen Gauch zu bestrafen.

Verheuratet mit seiner Trauten, umgeben vom Philosoph *Panglos*, und Philosophen *Martin*, vom klugen *Kakambo*, und der weisen *Alten*, und überdies im Besiz so vieler Diamanten, die er aus dem Vaterlande der alten Inkas mitgebracht, hätte man glauben sollen, daß *Kandide* das wonnigste Leben von der Welt führen müsste. Gewaltig geirrt! Die Juden hatten ihn so vielfältig geprellt, daß er weiter nichts übrig behielt, als sein Vorwerkchen; seine Frau ward täglich häßlicher, und zugleich zänkisch und unleidlich; die *Alte* kränkelte in |196| Einem fort, und war noch üblerer Laune, wie *Kunegunde*; *Kakambo*, der im Garten arbeitete, und die Hülsenfrüchte nach Konstantinopel herein zum Verkauf trug, arbeitete und plakte sich ganz ab, und vermaledeite sein Schiksal. *Panglos* war voll des bittersten Unmuts, daß er nicht als Professor Metaphysices ac Poëseos auf irgend einer Universität seines lieben Vaterlands glänzen konnte. *Martin* nahm alles, was ihn traf, gelassen dahin, in der festen Überzeugung, daß allenthalben Elend und Unglük herrsche.

Kandide, *Martin* und *Panglos* disputirten manchmal über Säze aus der Metaphysik und Moralphilosophie. Unter ihren Fenstern passirten sehr oft Schiffe vorbei, die mit Effendis[32], Bassas, Kadis beladen waren, welche nach Lemnos, Mytilene und Arzerum in's Elend geschikt wurden. Es kamen frische Bassas, frische Kadis, frische Effendis wieder, welche an den Plaz der Vertriebnen traten, und nicht lange darauf wieder daraus vertrieben wurden. Es schiften gar wohleinballirte Köpfe vorbei, die der hohen Pforte überreicht werden sollten.

|197| Diese abwechselnde Auftritte gaben immer neuen Stof zu neuen lebhaften Abhandlungen; wenn sie sich aber ausdisputirt hatten; herrschte eine so unausstehliche Langeweile unter ihnen, daß die Alte sich eines Tages unterstand, folgende Frage aufzuwerfen: Ich möchte wohl wissen, was schlimmer ist, hundertmal von Morischen Seeräubern geschändet zu werden, sein halbes Hinterkastell sich abnehmen zu lassen, bei den Bulgaren Spiesruten zu laufen, bei einem Autodafé gestäupt und aufgehängt zu werden, sich seziren zu lassen, als Sklav auf den Galeeren zu rudern, kurz all' das Elend auszustehn, das wir insgesamt erlitten haben, oder sein ganzes Leben, die Händ' im Schoosse, so hier zuzubringen. Eine wichtige Frage! sagte *Kandide*.

Diese Frage brachte neue Betrachtungen auf die Bahn, und *Martin* zumahl nahm Anlas hieraus zu folgern, der Mensch sei dazu geboren, sein Leben entweder in beständigen, krampfartigen Regen und Bewegen zuzubringen, oder in der unthätigsten, schlaraffenhaftesten Langenweile.

Kandide war ganz andrer Meinung, die er aber nicht äusserte. *Panglos* räumte zwar ein, er habe stets das gräslichste Elend erduldet; verfocht aber demungeachtet sein einmal angenommnes System: Diese Welt ist doch die beste, auf's eifrigste, ohn' im geringsten daran zu glauben.

|198| Jetzt eräugnete sich ein Vorfall, der *Martinen* völlig in seinen verdammlichen Grundsäzen befestigte, *Kandiden* schwankender machte, denn je, und *Panglosen* nicht wenig in die Klemme trieb. Eines Tages kam nämlich *Gertrud* mit dem Bruder *Viola* in ihren Hof gewandert. Sie waren beide im äussersten Elende. Die dreitausend Piaster hatten sie über Hals über Kopf durch die Gurgel gejagt, sich darauf getrennt, wieder ausgesöhnt, von neuem überworfen, im Gefängnis gesessen, sich daraus geflüchtet, und endlich war Bruder *Viola* Türke geworden. Wo sie hingekommen waren, da hatte *Gertrud* ihr Handwerk fortgesetzt, ohne damit was vor sich bringen zu können.

Ich sah's wohl voraus, daß Ihre Geschenke bald zerrinnen, und daß die Leute unglüklicher werden würden, denn zuvor, sagte *Martin*. Sie und Ihr *Kakambo* hatten Piaster zu Scheffeln, und waren deshalb doch nicht glüklicher, wie Bruder *Viola* und *Gertrude*. Haha! sagte *Panglos* zu *Gertruden*. So führt Dich doch der Himmel wieder zu uns, herziges Kind. Weisst Du wohl, daß Du mich um die halbe Nase, um Ein Auge und ein Ohr gebracht hast ... O wie du aussiehst! ... Doch das ist alles der Welt Lauf.

|199| Über diesen Vorfall fingen sie stärker an zu philosophiren, denn je. Sie hatten in der Nachbarschaft einen weit berühmten Dervisch,[133] der für den besten Philosophen in der ganzen Türkei gehalten wurde; zu dem gingen sie und fragten ihn um Rat. *Panglos* war Sprecher. Wir kommen zu Dir Meister, um von Dir zu erfahren, wozu das sonderbare Geschöpf, Mensch genant, ist geschaffen worden? Was kümmert Dich das? sagte der *Dervisch*. Ist das *Deine* Sache? Allein wohlehrwürdiger Vater, hub *Kandide* an, es gibt gräsliches Elend auf Erden. Ob Elend oder Glük, gleichviel! antwortete der *Dervisch*. Wenn Ihro Kaiserliche Majestät ein Schif nach Ägypten sendet, kümmert Sie sich wohl darum, ob's den Ratten und Mäusen im Schifsboden behäglich ergeht, oder nicht? Was soll man also machen? fragte *Panglos*. Schweigen! erwiederte der *Dervisch*. „Ich machte mir Hofnung, über Wirkungen und Ursachen, über die *beste* der möglichsten Welten, über den Ursprung des Übels, über die Beschaffenheit der Seele und der vorherbestimmten Harmonie mich mit Dir zu unterreden." Bei dieser Rede vom |200| *Panglos* warf der *Dervisch* ihnen die Thüre vor der Nase zu.

Während dieser Unterredung erscholl das Gerücht, daß zu Konstantinopel zwei Wessire des Divans und der Mufti sein erdrosselt, und viele ihrer Freunde angepfählt worden. Dieser tragische Vorfall gab einige Stunden lang nicht wenig Gemunkel. Wie *Kandide*, *Panglos* und *Martin* wieder nach ihrem Vorwerkchen zurükkehrten, fanden sie einen wakkern Greis in einer Pomeranzlaube vor seiner Thür sizen, um der Kühle zu geniessen.

Panglos, der ein eben so neugieriges als disputirsüchtiges Geschöpf war, fragte ihn, wie der ebenerdrosselte Mufti hiesse. Das weis ich nicht, antwortete der ehrliche *Alte*, ich hab' mein Lebstage nicht gewusst, wie irgendein Mufti oder ein Wessir heisst; habe kein Sterbenswort von der ganzen Historie gehört. Ich denke, all' die politischen Kannengiesser und Pfannenflikker mit dem Maul und in der That reiten gemeiniglich am Ende gar übel an, und 's kann ihnen gar nicht schaden. Ich meines Parts erkundige mich niemals, was in Konstantinopel vorgeht, schikke meine selbstgepflanzten Gartenfrüchte h'nein und damit holla!

Wie er dies gesagt hatte, führt' er die Fremden in sein Haus; seine beiden Töchter und beiden |201| Söhne sezten ihnen vielerlei selbstverfertigte Sorbets vor. Sie bestanden aus Kaimak, dem man durch eingemachte Cedratschaale, Pomeranzen, Zitronen, Limonien, Ananas, Pistazien einen herben Geschmak gegeben hatte; aus Mokkaschen Kaffee, unvermischt mit dem elenden Batavischen und Insulanischen. Hierauf beräucherten die beiden Töchter des guten Muselmans *Kandiden*, *Panglosen* und *Martinen* die Bärte.

Sie müssen ein recht grosses und prächtiges Landgut haben, sagte *Kandide* zum *Türken*. Weiter nichts als zwanzig Hufen, antwortete der *Alte*. Die bau' ich mit meinen Kindern an. Arbeit verscheucht die drei schlimmsten Feinde von uns, die Langeweile, das Laster und den Mangel.

Kandide behielt diese Rede des *Türken*, und bewegte sie in seinem Herzen. Ha, sagt' er zum *Panglos* und *Martin*, dieser gute Greis scheint sich ein Loos verschaft zu haben, das dem Loose der sechs Könige, mit denen wir die Ehre gehabt zu speisen, weit vorzuziehen ist.

Nichts gefährlicher in der Welt als Grösse! sagte *Panglos*. Hierin stimmen alle Philosophen überein. Denn schlüslich ward *Eglon*, der König der Moabiter, durch *Ehud* gemeuchelmordet; *Absalon* an den Haaren aufgehängt, und mit drei Spiessen durchstochen; König |202| *Nadab*, der Sohn *Jerobeam*, ward durch *Baesa* getödtet; König *Ella* durch *Simri*; und König *Joram* und *Ahasja* durch *Jehu*; Königin *Athalja* durch den Priester *Jojada*; die Könige *Jojakim*, *Jojachin* und *Zedekia* wurden Sklaven. Ihr wisst das elende Ende von *Krösus*, *Astyages*, *Darius*, *Dionys* von *Syrakus*, *Pyrrhus*, *Perseus*, *Hannibal*, *Jugurtha*, *Ariovist*, *Cäsar*, *Pompejus*, *Nero*, *Otto*, *Vitellius*, *Domitian*, *Richard* dem *Zweiten* von England, *Eduard* dem *Zweiten*, *Heinrich* dem *Sechsten*, den drei *Richards*, *Marie Stuart*, *Karl* dem *Ersten*, den drei *Heinrichen* von Frankreich, vom Kaiser *Heinrich* dem *Vierten*? Ihr wisst — —

Ich weis auch, sagte *Kandide*, daß unser Garten mus angebaut werden. Da haben Sie Recht, sagte *Panglos*; denn wie Gott den Menschen in den Garten Eden sezte, sezte er ihn deshalb herein, ut operaretur eum, daß er ihn bebaute. Der beste Beweis, daß der Mensch nicht zur Ruhe geschaffen ist. Lasst uns arbeiten, ohne alle Vernünfteleien, sagte *Martin*. Das ist das einzige Mittel, sich das Leben erträglich zu machen.

|203| Dies lobenswürdige Vorhaben unterstüzte die kleine Gesellschaft thätig. Das kleine Gütchen trug viel ein. *Kunegunde* war grundhäslich, wusste aber ganz trefliche Pasteten zu bakken; *Trudchen* stikte und nähte; die *Alte* besorgte die Wäsche. Sogar Bruder *Viola* blieb kein unnüzes Rad am Wagen; er wurde ein sehr guter Tischer, ja sogar ein rechtschafner Mann.

Und *Panglos* sagte manchmal zu *Kandide*: Jegliche Begebenheit im menschlichen Leben gehört in die Kette der Dinge. Denn wären Sie nicht Barones *Kunegundens* halber mit derben Fustritten aus dem schönsten aller Schlössser gejagt, von der Inquisition nicht eingezogen worden, hätten Sie nicht Amerika zu Fusse durchwandert, dem Herrn *Baron* nicht einen tüchtigen Stos mit dem Degen versezt, nicht all' ihre Hämmel aus dem guten Lande Eldorado eingebüsst, so würden Sie jetzt nicht hier eingemachten Cedrat und Pistazien essen. Gut gesagt! recht gut! sagte *Kandide*, allein wir müssen unsern Garten bearbeiten.

|1| *Kandide* heißt wie jeder wissen kann, der sein Wort Französisch versteht, *reines redliches Herzens*.
|2| WS:*Die auf der nächsten Seite fortgesetzte Anmerkung wurde hier vervollständigt Familiar* ist bei den Ober- und Generalinquisitionsgerichten zu Lissabon und Madrid eine Person, die sich von diesen Gerichten theils als *Kundschafter*, theils als *Volzieher ihrer Befehle* gebrauchen lässt. In Spanien ist's eine Bedienung, welche selbst Leute von Stande als eine vorzügliche Ehre betrachten, indem niemand dazu gelangt, der nicht beweisen kann, daß er ein alter Christ und von reinem Blute sei, d. i. weder von Mauren noch Juden abstamme. Dies ist nichts weiter als ein Ehrentitel.
|3| *Sanbenito* eine Art grossen Skapuliers aus zwei langen Streifen von gelbem Zeuge gemacht, worauf vorn' und hinten eine grosses, rothes Andreaskreuz steht. Sonst mussten es auch Personen, die von der Inquisition *wieder entlassen* wurden, zum Zeichen gefährlicher Lehren oder Sitten, tragen.
|4| *Carochas*, Müzen aus Papier oder Papdekkel gemacht, mit Feuerflammen, und Teufeln bemalt, welche vom heiligen Inquisitionsgericht den zum Tode Verurtheilten aufgesezt werden.
|5| *Vorlage: Inquifitor*
|6| *Gekrette* in der alten Sprache ein heftiger *Wortwechsel*, ist noch in *Niedersachsen* üblich
|7| *Moydor* oder *Moidor*, ingleichen *Moeda de Oro* oder *Moeda d'ouro*, heist bey den Portugiesen jede Goldmünze. Insbesondere verstehn sie aber unter *Moeda de Oro*, oder abgekürzt, *Moeda*, die goldne *Cruzade* oder *Crusade*, und wie sie auch genannt wird, die *Lisbonine*, welche 400 Rees oder 40 Testons gilt, und nach Holländischem Gelde beinahe so viel als 3 Dukaten an Golde, oder 15 Gulden und 15 Stüver, nach unserm aber 9 Reichsthaler.
|8| *Heilige Hermandad*. La santa Hermandad, oder die *heilige Brüderschaft* ist ein Kohr berittner Polizeibedienten, deren Geschäft es ist, das ganze Königreich zu durchstreifen, Land und Strassen von Räubern und dergleichen Gesindel rein zu halten, und anderem Unfug zu wehren. Hausvisitationen sind auch ihres Amtes.
|9| *Sierra Morena* ein bekanntes grosses Gebirg in Spanien, welches Castilien und Andalusien scheidet; ehedem ganz unwegsam und unangebaut, jezt durch die Bemühung des berühmten *Olavides* bevölkert, und in ziemlich blühenden Zustand gesezt.
|10| *Crusaden* man sehe oben S. 46, die Anmerkung unter *Moydors*.
|11| *Maravedis* oder *Marrevadis*, die kleinste Kupfermünze in Spanien. Viere davon betragen ein *Quarto* oder ein klein wenig mehr als bei uns ein Zweipfennigstük.
|12| *Hämmling*. In der alten Sprache ein *Verschnittener*.
|13| *Janitscharenaga*, Chef der Janitscharen
|14| *Bojar*, der Titel vornemer Herren in Rusland und in der Wallachei
|15| *Rührei*, ein dem in Orginal befindlichen Tracasserie völlig entsprechender *Niedersächsischer* Ausdruk.
|16| *Alkalde* Gerichtsperson in Portugall und Spanien
|17| *Alguazils* Schergen oder Gerichtsdiener in Portugall so wohl als in Spanien. So wie das vorige ein Arabisches Wort.
|18| *Pintados*. Sogenannte *Perlhühner*. Eine Indische Rasse, wie bekant.
|19| *Maiz*. bekanntermaßen *Indisches Korn*, das mancherlei Gattungen hat.
|20| *Ägipane*. Bei den Alten gewisse Ungeheuer in den Lybischen Wäldern, auf dem Schlag des *Pan's* d. h. dem halben Körper, den Hörnern, Füssen, und dem Schwanze nach, ziegenartig
|21| *Piaster*. Spanische Silbermünze, nach unserm Gelde, *einen Thaler und acht Groschen*; thäte also die ganze Summe nach Teutschem Fus berechnet 26666 Thaler. 16 Gr.
|22| *Habituus* Geistlicher, mit Bewilligung des Pfarrers in seinem Kirchspiel wohnen, und einige Ordensverrichtungen, doch *unentgeldlich* besorgen darf.
|23| *Freron*. Der berüchtigte Journalist und Antagonist Voltär's, den Leztrer unter dem Namen *Frelou* in seiner Ecossaise bekanntermaassen dem Volke zur Verhöhnung und Verachtung Preis gegeben, indem er alle seine schändliche Blösse aufdekte. Eine ähnliche Züchtigung würde dem *Freron* unserer Nation sehr heilsam sein
|24| Die *Strass* bedeutet in der Schiffersprache gemeiniglich: eine Meerenge oder Kanal zwischen nahgelegenen Ländern; im engern Sinn aber, (wie hier) bezeichnet es: *Die Strasse von Gibraltar*, eine Meerenge zwischen Andalusien und dem Königreich Fez. wie bekannt, das das Mittelländische Meer mit dem Atlantischen vereinigt.
|25| *Flirtje*. Niedersächsischer Ausdruk, der den Grisette der Franzosen völlig entspricht

[26] Nicht dem Apostel, sondern dem Pabste *Paulus* dem Vierten, dem Stifter des *Theatinerordens*; ein Orden, der keine *gewisse* Einkünfte besizt, in grossem Ansehen steht, und von jeher viele gelehrte Männer zu Mitgliedern gehabt hat.
[27] *Zechine*, eine Venedische goldne Münze, beträgt nach unserm Gelde ungefähr *zwei Reichsthaler zehn Groschen*.
[28] *Nachtmisse* heist in Westphalen, das *Abendbrod*.
[29] *Vorlage: Kuegunde*
[30] *Itschoglan*, Pagen, oder Hofjunker des Sultans. Ein Mehrers von ihnen sieh im *Anhange*.
[31] *Iman*, ein muhamedanischer Priester oder Pfarrer.
[32] *Effendi, Reis-Effendi*, oder *Reis-Kirah*, der Oberkanzler oder, wie andre ihn nennen, der vornemste Staatssekretair am Türkischen Hofe.
[33] *Derwische*, oder *Dervise*, Mönche der Türken.

Anmerkungen (Wikisource)

en:Candide fr:Candide, ou l'Optimisme/Beuchot 1829 it:Candido